**三个圈经典文库**

经典就读三个圈　导读解读样样全

The Nightingale and the Rose
夜莺与玫瑰
[英]奥斯卡·王尔德 著
（1854—1900）
司书林 译
三个圈经典文库
经典就读三个圈 导读解读样样全
江苏凤凰文艺出版社
JIANGSU PHOENIX LITERATURE AND ART PUBLISHING

图书在版编目（CIP）数据

夜莺与玫瑰 / (英) 奥斯卡 · 王尔德 (Oscar Wilde)
著 ; 司书林译. -- 南京 : 江苏凤凰文艺出版社,
2018.7（2021.12重印）
书名原文: The Nightingale and the Rose
ISBN 978-7-5594-1789-3

Ⅰ.①夜… Ⅱ.①奥… ②司… Ⅲ.①童话–作品集
–英国–近代 Ⅳ.①I561.88

中国版本图书馆CIP数据核字（2018）第056583号

# 夜莺与玫瑰

［英］奥斯卡 · 王尔德 著　　司书林 译

责任编辑　丁小卉
特约编辑　牟雪莲　叶启秀
装帧设计　读客文化　021-33608311
责任印制　刘　巍
出版发行　江苏凤凰文艺出版社
　　　　　南京市中央路165号，邮编：210009
网　　址　http://www.jswenyi.com
印　　刷　三河市天润建兴印务有限公司
开　　本　880 毫米 × 1230 毫米　1/32
印　　张　6
字　　数　92 千字
版　　次　2018 年 7 月第 1 版
印　　次　2021 年 12 月第 4 次印刷
书　　号　ISBN 978-7-5594-1789-3
定　　价　48.00 元

And now that I am dead they have set me up here so high that I can see all the ugliness and all the misery of my city, and though my heart is made of lead yet I cannot choose but weep.

后来我死了，他们就把我高高地立在这儿，让我看清世上所有的悲伤与丑陋。尽管我的心早已化作铅块，可我还是忍不住哭泣。

——《快乐王子》

For love is wiser than Philosophy, though she is wise, and mightier than Power, though he is mighty.

尽管哲学是智慧的，但爱情更智慧；尽管权力是强大的，但爱情更强大。

——《夜莺与玫瑰》

You let me play once in your garden, today you shall come with me to my garden, which is Paradise.

你曾许我在这里玩耍，今天随我去我的花园，就在那天堂。

——《自私的巨人》

But what is the good of friendship if one cannot say exactly what one means? Anybody can say charming things and try to please and to flatter, but a true friend always says unpleasant things, and does not mind giving pain.

要是不能直言不讳，友谊还有什么用呢？谁都会说漂亮话，溜须奉承拍马屁；可是真正的朋友，却敢于发出逆耳的忠告，不管多难忍受。

——《忠实的朋友》

But love is not fashionable any more, the poets have killed it. They wrote so much about it that nobody believed them.

只是爱情早已失宠，诗人便是刽子手。他们为它滥用笔墨，结果无人再信。

——《了不起的火箭》

The burden of this world is too great for one man to bear, and the world’ s sorrow too heavy for one heart to suffer.

尘世间的担子太重，一人难以承担；人世间的悲愁太苦，一心难以忍受。

——《少年王》

The King of Spain was already wedded to Sorrow, and that though she was but a barren bride he loved her better than Beauty.

西班牙的国王已与哀愁结为连理，尽管她无法生育，却比美丽更加动人。

——《小公主的生日》

Love is better than wisdom, and more precious than riches, and fairer than the feet of the daughter of men. The fires cannot destroy it, nor can the waters quench it.

爱比智慧更好，爱比财富更珍贵，爱比少女们的脚儿还要美，火儿烧不到，水儿淹不得。

——《渔夫和他的灵魂》

Much is given to some, and little is given to others. Injustice has parcelled out the world, nor is there equal division of aught save of sorrow.

有人享有的太多，有人享有的太少。不公将人间瓜分殆尽，只有忧愁一视同仁。

——《星孩》

# 目　录

# 快乐王子和其他故事

# 快乐王子

城市的天空，高高的石柱上，有座快乐王子的雕像。他的身上披满金叶，眼睛是两颗蓝宝石；一颗闪亮的红宝石，嵌在剑柄上。

人们对他无不称羡。“他像风向标一样美。”一位城里的议员说道。他想显显自己的品位，但又怕人误会，说他不切实际，只好又说：“可惜没什么用。”

“你为什么不学学快乐王子？”一位爱讲理的母亲对那吵着嚷着要月亮的儿子说，“人家从来不像你这么痴心妄想、哭哭啼啼。”

“世上竟有人如此快乐，真叫人高兴。”一个失意的男子抬头望着那尊了不起的雕像，喃喃自语。

“他真像个天使！”孤儿院的孩子们涌出教堂，边跑边喊。他们披着鲜红的斗篷，套着雪白的围裙。

“你们怎么知道？”数学老师问，“天使你们又没见过。”

“噢！我们见过，在梦里。”他们笑着答道。老师板起脸，皱皱眉头，对此不以为然。

一天夜里，有只小燕子飞进城里。六个礼拜前，他的伙伴们已经动身前往埃及；可他爱上了一棵美丽的芦苇，因此落后了。春天早些时候，他沿河追赶一只大黄蛾时，突然被芦苇苗条的腰肢所吸引，停住问道：“我可以爱你吗？”

燕子不喜欢拐弯抹角。芦苇深深一弯腰，他便绕她飞来飞去，翅膀轻轻点着水面，荡起波波涟漪。那是他的求爱，整整一夏。

“荒唐！”伙伴们叽叽喳喳，对他七嘴八舌起来，“她身无分文，亲戚又多。”——河里确实满是芦苇。于是秋天一到，他们便拍拍翅膀飞走了。

大家离别后，燕子突然有些寂寞。“她不说话，而且挺爱卖弄，总跟风儿打情骂俏。”确实，每当风儿轻轻吹起，芦苇总会摆出一副无比优雅的姿态。“我承认她是个好主妇，可我喜欢旅行，身为我的妻子，她也理应如此。”

“你要一起来吗？”燕子终于鼓足勇气问道；可芦苇只是摇摇头，舍不得离开。

“原来你在耍我！”燕子气得直发抖，“我要去找金字塔了，再见！”

燕子飞了整整一天，傍晚来到城中。“我该去哪儿歇脚呢？不知道我的旅馆是不是已经备好。”

燕子看见了那座雕像，在那高高的石柱上。

“那里正好！”燕子喜笑颜开，“柱子那么高，空气一定很新鲜。”说完，他已落在快乐王子的脚间。

“我的床是金子！”燕子左看右看，满心欢悦。他想睡觉了。可他刚把头埋进翅膀，一颗水珠突然打在身上。“怎么？”燕子惊诧地说，“天上没有云彩，星星在眨眼睛，谁想竟然下雨了。欧洲北部的天气糟透了！芦苇倒很喜欢雨，可那只是一厢情愿罢了。”

这时，又一颗水珠掉了下来。

“雨都遮不住，还算哪门子雕像！我还是快走，找根烟囱去吧！它们好歹有帽子。”然后他决定飞走。

可他刚要张开翅膀，又一颗水珠落在头顶。燕子抬头一看——咦，那是什么？

只见快乐王子的眼中满是泪水，轻轻滑过金色的脸。月光里的脸庞是那么美丽，小燕子忍不住为他难过。

“你是谁？”

“我是快乐王子。”

“那你为什么哭呢？你都把我打湿了。”

“当我活着、还有一颗人心的时候，从来不知什么叫眼泪，”王子说道，“因为我住在无忧宫里，悲伤总被拒之门外。白天有人陪我在花园里嬉戏，晚上有人陪我在舞池里跳舞。四周环绕着高高的石墙，一切是那么美丽动人——我从没想过外面的事情。大家都叫我快乐王子——如果这就是快乐，那么确实如此。于是一天又一天，日子就这样过去了。后来我死了，他们就把我高高地立在这儿，让我看清世上所有的悲伤与丑陋。尽管我的心早已化作铅块，可我还是忍不住哭泣。”

“什么？原来他不是纯金的？”燕子小声惊叹。他很有礼貌，不肯揭开别人的痛处。

“在那遥远的地方，一条乌黑的小巷里，有座破房子，”王子沉吟道，“透过半掩的窗口，我看见桌旁坐着一位妇人。她面黄肌瘦，困顿劳累，粗红的手指满是针眼——她是一位裁缝，正在为女王最宠爱的女伴绣着缎裙，好让她披着美丽的时钟花，出席盛大的宫廷舞会。角落的破床上，躺着她生病的小儿子。他正发着高烧，嚷着要吃橘子。可除了外面冰冷的河水，母亲什么也没有，小家伙只好哭个不停。小燕子啊小燕子，请把我剑柄上的红宝石啄下来，给她送去好吗？我的脚筑在了底座上，动不了。”

“可我的伙伴们还在埃及等我呢，”燕子说，“他们正在尼罗河畔飞上飞下，同那些大个儿的莲花讲着话。他们马上就要飞进法老王的墓里，安营扎寨；墓里有个彩绘的石棺，法老睡在里边。他的身上涂满香料，裹着一层金色的亚麻，脖子上戴着一条浅绿的珠串，双手像枯叶。”

“小燕子啊小燕子，请你留下来再陪我一晚，做我的信使好吗？那个孩子口渴得厉害，而他的母亲又很无助。”

“我不喜欢小孩子，”燕子说，“去年夏天，我在河边休息时，磨坊主的儿子，两个粗鲁的野小子，总拿石头丢我。当然，他们打不中，我们躲得飞快！而我的家族，素来更是以机敏闻名！可不管怎么说，那样总是不客气。”

看到王子悲伤的脸庞，小燕子不由得心软了，说：“这里冷极了。不过我愿意陪你一晚，做你的信使。”

“谢谢你，小燕子。”

燕子啄出红宝石，衔在嘴尖，飞过鳞次栉比的屋顶，飞向远方。

他从大教堂的塔顶飞过，那里有白玉雕成的天使像；他又飞过那雄伟的宫殿，里面传来阵阵歌声。一位美丽的少女走上阳台，身边陪着的是她的爱人。“瞧，星星多美啊！”爱人对她说，“爱情多美妙啊！”

“希望我的礼裙能在舞会前准备好，”少女说，“我已经叫人拿去绣花了，可裁缝都是懒骨头。”

燕子飞过运河，船桅上点着一盏盏灯笼；他又飞过贫民区，几个上了年纪的犹太人正在那里讨价还价，用手里的铜秤称银子。燕子终于飞到那所破房子前，朝里张望。孩子发着烧，在床上翻来覆去，母亲累得昏睡过去。燕子跳进窗，把红宝石放在桌上，就在裁缝的顶针旁，然后绕床轻轻飞舞，朝孩子的额头扇起翅膀。“好凉快啊，”男孩儿快乐地说，“我一定是快好了。”然后他就进入了甜甜的梦乡。

燕子回到王子身边，把他做的事讲给王子听。“真奇怪，虽然天气很冷，可我却觉得很温暖。”燕子说。

“那是因为你行了好。”王子说。燕子不禁思索起来，慢慢闭上眼。思考总是催人入睡。

天亮后，燕子到河边去洗澡。“真稀罕，冬天竟然有燕子！”一位鸟类学教授恰巧经过桥上，马上为此写了一篇长文，寄给当地报社。他的话被人们争相引用，因为里面有许多他们不懂的词汇。

“今晚我要到埃及去了。”燕子激动地喊，他对未来充满期待。他逛遍了所有的雕像与纪念塔，在教堂的塔顶待了很久。无论飞到哪里，总有麻雀叽叽喳喳地议论道：“瞧这位稀客，真荣幸！”燕子听了很高兴。

月亮升起时，燕子回到王子身边。“我要出发了，”燕子说，“有什么事要我在埃及效劳吗？”

“小燕子啊小燕子，请你留下来，再陪我一晚好吗？”

“可我的伙伴们还在埃及等我呢，”燕子说，“明天，他们就要飞过第二条大瀑布。肥壮的河马躺在芦苇里，门农神的石像坐在巨大的花岗岩上。他整夜整夜望着星星，在黎明前金星闪过的刹那间，发出一声快乐的呐喊。白天，金色的狮子跑来喝水，他们的眼睛比绿松石还美，吼声比瀑布还响。”

“小燕子啊小燕子，”王子说，“在那遥远的地方，在这城市的另一边，有位年轻的学生住在阁楼。他埋头在满桌的稿纸中，手边的玻璃杯里插着一束枯萎的紫罗兰。他有一头乱蓬蓬的棕发，嘴唇红得像那鲜艳的石榴，一双大大的眼睛蒙眬失色。他正在为剧院写一部剧本，可冻得一个字也写不下去。炉子里没有生火，年轻人饿得头昏眼花。”

“我愿意留下再陪你一晚，”好心的燕子说，“也要给他红宝石吗？”

“唉，红宝石没有了，”王子说，“可我还有两只眼睛。它们是最名贵的蓝宝石，来自千年前的印度。把其中一颗啄出来给他。他会把它卖给珠宝商，然后换些油盐柴米，把剧本写完。”

“我……我办不到，亲爱的王子。”燕子说完哭了起来。

“去吧，小燕子，请你答应我。”

燕子只好答应王子，飞向远方。阁楼顶上有个洞，很容易钻进去，燕子径直飞入屋内。年轻人正在抱头思考，没有察觉翅膀的声响；等他抬起头时，才发现那束枯萎的紫罗兰上，突然多了颗光彩夺目的蓝宝石。“终于有人开始欣赏我了，”年轻人大叫道，“这一定是某个崇拜者送来的，我的剧本终于可以写完了。”他的样子非常快乐。

第二天，燕子飞到码头。他落在大船的桅杆上，看着水手们用绳索拖起沉重的木箱。“嘿——嚯！”箱子在号声中慢慢上升。“我要去埃及了！”燕子兴奋地喊。可是谁也没有抬头。月亮升起的时候，他又回到了王子的肩头。

“我是来向你辞行的。”燕子说。

“小燕子啊小燕子，请你留下来，再多陪我一晚好吗？”

“冬天来了，”燕子说，“霜雪马上就要到了。在埃及，太阳温暖地照着绿油油的棕榈树，鳄鱼在泥塘里懒洋洋地东张西望。我的伙伴们正在巴尔贝克的太阳神庙里筑着新巢，粉色和白色的鸽子们一边咕咕对唱，一边看着他们。我要走了，亲爱的王子，但我永远忘不了你。等到明年春天，我会给你带回两颗最美丽的宝石，代替你送出去的那两颗。一颗赛过火红的玫瑰，一颗比海还要蓝。”

“下面的广场上，有个卖火柴的小女孩儿，”快乐王子说，“她的火柴掉进沟里，遭了殃。若是没钱带回家，她的父亲就会打她，她便只好哭泣。她赤着小脚，也没有帽子戴。把我另一只眼睛啄出来，送给她，别让她挨罚。”

“我愿意留下，”燕子说，“可我不能啄你的眼睛。你会瞎的。”

“去吧，小燕子，请你答应我。”

燕子只好答应王子，箭一般冲下去。他倏地飞过小女孩儿身边，让宝石顺势滑进她的手中。“这块玻璃多美呀！”女孩儿叫着，笑着，跑回家去。

燕子回到王子身边，说：“现在你瞎了，我要永远留下来。”

“不，不，小燕子，”王子说，“你要去埃及。”

“我们永远在一起。”燕子说完便睡在了王子的双脚间。

第二天，燕子在王子的肩头待了一整天，把异国的奇闻讲给他听。他见过火红的朱鹭排着长队，列在尼罗河岸，用长长的细嘴捕鱼吃；他见过雄伟的斯芬克斯——他与世界一样古老，虽然身在沙漠，但他知道外面的一切；他见过沙漠里的驼队，商人走在骆驼两侧，手里捏着琥珀珠串；他见过像黑檀一样的月山国王，供奉着巨大的水晶；他见过一条绿色的巨蟒盘在棕榈树上，二十位祭司不眠不休，喂他蜜糖；他见过小侏儒们横渡湖面，乘着宽大的树叶，与蝴蝶不停搏斗。

“亲爱的小燕子，”王子说，“这些都很奇妙，可世上最令人惊奇的，莫过于人们的苦难。真正的穷困，往往让人意想不到。在我的城里飞一圈吧，小燕子，说说你都看到了什么。”

燕子飞遍宽广的城市，看到乞丐们坐在城门口，有钱人在他们富丽的宅邸寻欢作乐；他飞进阴暗的小巷，看到挨饿的孩子们苍白的小脸，无精打采地望着漆黑的窗外；大桥的桥洞下，两个无家可归的孩子躺在地上，拥抱取暖。

“好饿呀！”他们有气无力地说。

“这里不准睡觉！”看桥的守卫大声怒喝，把他们赶入雨中。

燕子回到王子身边，把他见到的讲给王子听。

“我身上都是上等的金叶，”王子说，“把它们摘掉，一片一片，送给我那穷苦的百姓；在活人的眼里，金子更能使人快乐。”

燕子把亮闪闪的金叶一片一片啄下来，快乐王子慢慢失去了光泽。金叶被送到穷人手里，映红孩子们的脸庞——他们欢歌笑语，嬉戏街头。

“我们终于有面包了！”他们快乐地说。

不久，雪来了，霜也来了。大街小巷银装素裹，洁白耀眼；长长的冰柱垂下屋檐，像是一排排水晶做的匕首。人们穿上了毛皮大衣，孩子们戴上了小红帽，溜冰打闹。

可怜的小燕子越来越冷，可他太爱王子，舍不得走。趁面包师不注意，他就偷吃一点儿店门口的面包屑；为了取暖，他只好不停地用力拍打翅膀。

最终燕子觉得自己快要死了。他用仅有的力气，最后一次飞到王子身边。

“再见了，亲爱的王子！”燕子喃喃地说，“我能吻吻你的手吗？”

“小燕子啊小燕子，你终于要到埃及去了，”王子说，“你陪我陪得够久了。可是请你吻我的嘴，因为我爱你。”

“我要去的不是埃及，而是死亡的殿堂，”燕子说，“死亡是睡眠的兄弟，对不对？”

他轻轻啄了啄王子的嘴，落在他的脚边，死了。

突然，雕像里迸出一阵奇怪的声响，好像有什么碎了。王子那颗铅做的心脏，突然裂成两半。今年的寒霜确实猛烈。

第二天一早，市长在议员们的簇拥下走进广场。经过石柱时，他抬头望着那尊光秃秃的雕像，不禁叹道："天哪！瞧瞧快乐王子，他多丑啊！"

"他多丑啊！"议员们大声附和，抬头去看。他们总是赞同市长的意见。

"剑上的宝石没了，眼睛不见了，金片也不知哪里去了，"市长说，"他简直成了个要饭的！"

"成了个要饭的了！"议员们抢着说道。

他们推倒了快乐王子的雕像。"既然他不像以前那么美，自然也就没用了。"大学里的美术教授说道。

他们把雕像丢进了熔炉。市长专门召开会议，讨论如何处理这堆破烂。"我们应该再建一座，"市长说，"一座我的雕像。"

"我的雕像！"议员们吵作一团。上次听人提起时，他们还在吵。

"怪了！"熔炉前的工头说，"这破铅居然化不了，把它扔了吧。"于是他们把那颗铅心丢进了垃圾桶，那里也躺着死去的燕子。

“把世上最珍贵的两样东西给我拿来。”上帝吩咐一位天使。天使把死去的鸟儿和铅心献上来。

“选得不错，”上帝说，“在我天国的花园里，让这只鸟儿永远歌唱；我要在我的金城里，听那快乐王子的赞美。”

# 夜莺与玫瑰

“假如送她一朵红玫瑰，她就答应和我跳舞，”年轻的学生说，“可是我的花园里，没有这样的玫瑰。”

有只夜莺在栎树上的窝里听到他的话，透过叶子张望，有些奇怪。

“一朵也没有！”年轻人嚷道，悲伤的泪水充满眼眶，“唉，到头来阻挡幸福的，竟然是这种蝇头小事！我读过那么多智者的教诲，掌握着所有的哲理和奥秘，可到头来把我毁了的，居然是一朵小小的玫瑰！”

“原来他竟是个情种，”夜莺不由得想，“每晚我都在为他歌颂，可他竟然就在身畔；每晚我都向星辰倾吐，谁知今日才得相见。他的头发像风信子一样乌黑茂密，嘴唇像他渴望的玫瑰一样娇艳。但爱火让他面无血色，眉头打上了悲伤的烙印。”

“王子明晚举行舞会，我爱的人也要去，”年轻人喃喃自语，“如果有一朵红玫瑰，我就能和她一起跳舞，直到天亮。有了这朵鲜红的玫瑰，我就可以拥抱她，让她靠在我的肩膀上，十指相扣。可是我的花园里没有这样的玫瑰，我注定只能傻坐着，任她从我的身边飞走。她不理我，我的心都碎了。”

“他果真是个情种，”夜莺轻轻自语，“我所唱的是他的烦恼，我的欢乐是他的痛苦。爱情当然美妙——它比翡翠更贵，比玛瑙更稀奇。市场上难觅它的踪影，珍珠和石榴也买不到它；商人更是无货可卖，纵有千金也无用。”

“乐师在游廊里拨弄琴弦，”年轻人说，“我的爱人伴随着悠扬的曲声翩翩起舞。她脚步轻盈，飘飘而起，无数的华服将她围绕。可她不会同我跳，因为我没有红玫瑰。”说完他烦闷地倒向草地，掩面而泣。

“他在哭什么？”一只绿色的小蜥蜴匆匆跑过，翘着尾巴问。

“对呀，哭什么？”一只追逐阳光飞舞的蝴蝶问道。

“哭什么，哭什么？”雏菊悄悄问她的伙伴，轻轻摇曳。

“因为一朵红玫瑰。”夜莺答道。

“红玫瑰？”他们齐声叫道。

“笑话！”一向刻薄的小蜥蜴哈哈大笑。

可夜莺却懂得其中的道理，她默默地靠在枝头，思考爱情。

突然，夜莺张开棕色的翅膀，飞向天穹。她像影子一样穿过树林，掠过花园。

草地中央有棵美丽的玫瑰树，夜莺飞过去，落在枝头上。

“给我一朵鲜红的玫瑰，我就为你唱支最甜美的歌。”夜莺请求她。

可树只是摇摇头。

“我的玫瑰是白的，”她说，“像那晶莹的雪峰，像那翻腾的浪花。去老日晷那里，问问我的姐妹吧，也许她能给你。”

于是夜莺飞向日晷，飞向另一棵玫瑰树。

“给我一朵鲜红的玫瑰，我就为你唱支最甜美的歌。”夜莺恳求她。

可树只是摇摇头。

“我的玫瑰是黄的，”她说，“像那人鱼公主头上的金发，像那娇艳欲滴、灿烂的水仙。去那年轻学生的窗台底下，问问我的姐妹吧，也许她能给你。”

于是夜莺飞向学生窗台下的那棵玫瑰树。

“给我一朵鲜红的玫瑰，我就为你唱支最甜美的歌。”夜莺央求她。

可树只是摇摇头。

“我的玫瑰是红的，”她说，“像那白鸽鲜艳的脚爪，像那海底的洞中摇来摇去的珊瑚藻。可冬天凝住了我的血脉，冰霜扼住了我的花蕾，无情的风暴将我的枝条生生打断。今年再不会有玫瑰了。”

“我只要一朵，”夜莺苦苦哀求，“就一朵！难道就没有别的办法？”

“办法倒是有，”树说，“可那太残忍，我不敢开口。”

“说吧，说吧，我不怕。”

“想要这朵玫瑰，你必须在月光下向我歌唱。你要用音符将它谱就，用你的心血将它染透。你要一边歌唱，一边将胸口抵向尖刺；你要为刺敞开心扉，让生命之血流入我身。”

“为了区区一朵玫瑰，死的代价太大了，”夜莺叹道，“对每个人来说，生命都是瑰宝。每天坐在翠绿的枝头，看那太阳驾着金色的马车，月亮乘着银色的玉辇来来去去，多么快活。山楂花的味道那么香，山谷里的蓝铃草那么美，山坡上的石楠花笑得那么甜！但爱情比生命更可贵，与人心相比，我的心又算得了什么呢？”

于是夜莺展开翅膀，飞向天空，影子似的掠过花园，穿过树丛。

年轻人依然躺在草地上，眼旁挂着美丽的泪珠。

“开心吧，快乐吧，玫瑰找到了，”夜莺说，“我会用歌声将它谱出，用我的心血将它染红。而我，只求你做一个真正的情种，永永远远。尽管哲学是智慧的，但爱情更智慧；尽管权力是强大的，但爱情更强大。它的翅膀是火焰，是躯干；它的嘴唇是蜜糖，气若幽兰。”

年轻人抬头侧耳聆听，可他听不懂夜莺的话，那不在书上。

可是栎树懂，他心里很难过。他很爱这只小鸟，爱她栖息在他的枝头。

“再为我唱支歌儿吧，”他轻轻地说，“你走了，我会寂寞的。”

于是夜莺展开歌喉，声音宛如银瓶中的清水涌溢不止。

歌声慢慢飘远，年轻人站起身。他从口袋里掏出一个本子和一支笔。

“她唱得不错，”年轻人说着，走出树丛——“挺像那么回事。可她是不是富有感情？我想未必。她跟那些艺术家一样，虚有其表，毫无真意；更不会轻易为了他人，献出自己的生命。她所想的只有音乐——就像无人不知，艺术都是自私的一样。当然必须承认，她的歌声的确有些漂亮的音色，可惜它们毫无意义，没有丁点儿用处。”说完他走进自己的卧室，躺在屋角的小床上，想着他那可爱的爱人。过了一会儿，他就进入梦乡。

月亮升起时，夜莺飞向窗台。她落在那棵玫瑰树上，用她的胸口抵住尖刺。她就那样唱了整整一夜，就连那冰冷的银月，也不由得俯下身子，侧耳聆听。每一个音符，都会让刺更进一分，把她的心血慢慢吸干。

她唱那爱情的萌芽，唱那懵懂的青梅竹马。一瓣，一瓣，一瓣……在那无尽的歌声下，在那玫瑰树的顶上，抽出了一朵神奇的玫瑰。它是那样苍白、那样惨淡——像那挂在河上的云雾，像那黎明的玉足、曙光的银翼、镜中的幻象、水中的倒影……它就那样在枝头开放。

树却要夜莺抵紧胸口。“用力呀，小夜莺。不然玫瑰还没红透，曙光就要来了。”

于是夜莺越抵越紧，歌声越来越高扬。她唱那爱情的升华，唱那男女间狂热的灵魂。

玫瑰涌出一抹淡红，仿佛新娘被新郎亲吻时脸上飞起的娇霞。但刺尖仍未抵入心扉，花心依然惨白如霜——它渴望着夜莺鲜红的心。

“用力呀，小夜莺。否则天一亮，就来不及了。”树又催促起来。

于是夜莺猛地一颤，敞开心壁，全身涌起一阵剧痛。比那更痛的，是她愈来愈烈的鸣唱，她唱那因死亡而完美的爱情，唱那即便在坟墓中也不会死去的爱情。

那朵神奇的玫瑰终于染透，像那朝霞初露；花心像颗鲜红的宝石，璀璨照人。

而那夜莺的歌声却越来越弱，翅膀不停拍动；一层蒙眬的白翳，在她眼前蒙上。她的嗓音越来越轻，好像有什么东西堵在喉中。

夜莺终于迸出一声绝唱，让那月亮流连忘返，忘记了归宿；玫瑰听了瑟瑟发抖，拥抱清晨的清冷；回声传入青紫色的山洞，惊醒沉睡的牧童；歌声飘进那芦苇荡，奔向大海，永不回头。

“看哪，看哪！”树嚷道，“玫瑰开好了。”

可是夜莺没有回答。它与心头的尖刺一起，永远倒在了长草中。

中午时，学生推窗张望。

“奇怪！真走运！这儿竟然有朵红玫瑰！”年轻人很是惊诧，“我从没见过这么美的花瓣，它一定有个长长的拉丁名。”说完他便俯身，把手伸向玫瑰。

学生戴上礼帽，忙朝教授家去，他的手里，紧捏着那朵鲜红的玫瑰。

教授的女儿坐在门口，一手拿着线轱辘，一手缠着蓝色的丝线，脚边趴着一条小狗。

“你说要是我送你一朵红玫瑰，你就答应和我跳舞，”学生叫道，“这是世间最红的玫瑰，请你今晚戴在胸口，我们跳舞时，它会告诉你我有多爱你。”

可女孩儿只是皱皱眉。

“恐怕它和我的礼服不相配，”她对学生鄙夷地说，“大臣的侄子送了我许多真正的珠宝。谁都知道，珠宝比花贵重多了。”

“你这叫作忘恩负义！”学生恼羞成怒，猛地把玫瑰丢在路边。玫瑰掉进水沟里，被一只车轮碾得粉碎。

“忘恩负义？我看你是无理取闹！”女孩儿说道，“也不照照镜子，你不过是个穷学生！人家鞋上的银扣子，你可没有。”说完她便起身回屋。

“爱情真傻！”年轻人边走边自言自语，“它还不及逻辑的一半有用，证明不了任何事。爱情总是胡言乱语，却总叫诚实的人们上当受骗。爱情其实很荒谬，现在这个世道，务实就是一切。我看我还是回到哲学，研究形而上学吧。”

于是他回到家，搬出一本尘封的大书，埋头苦读。

# 自私的巨人

每天下午放学后，孩子们都爱在巨人的花园里嬉戏。

那是一座美丽的花园，广阔无比，绿草如茵。草地上到处点缀着星星般可爱的花朵；十二棵妩媚的桃树，在春天披满粉白的花被，秋天结出累累果实。鸟儿在树上啁啾婉转，引得孩子们不时停住脚步，引颈聆听。“这里多好啊，我们玩得多高兴啊！”他们满意地说。

可是有一天，巨人回来了。他去康沃尔拜访一位同族，一住就是七年。这段日子里，他把肚子里的话掏了个干净，直到无话可说，只好回到他的城堡。就在进门时，巨人看到了那群每天都来的孩子。

“你们在这儿干什么？”粗重嘶哑的吼声，把他们吓得四处乱窜。

“这是我的花园，我的！”巨人说，“这很清楚，只有我能进来！”于是他沿着花园，筑起一道高高的围墙，门口立上木牌，上面写着：

**严禁私闯**

**违者重惩**

他是个自私的巨人。

可怜的孩子们再也无处可去。他们想去路上玩，可是那里尘土飞扬，石子满地，他们不乐意。每当写完功课，他们都会跑来聚在墙下，怀念花园里的美丽。“里边多好啊，我们以前多快乐啊！”他们说。

春天来了，外面开满小花，到处都是快乐的小鸟。可那自私巨人的花园里依然还是冬天。少了欢闹的孩子，鸟儿再也不来光顾；原本绚烂的桃树，似乎忘记了开花。有次，一朵美丽的野花刚刚把头探出草地，马上便瞧见了那块丑陋的木牌。它很为孩子们感到难过，索性溜回土里，埋头大睡。只有两个人喜欢这里的一切，她们就是雪和霜。“春天把这里忘了！”她们快活地嚷，“我们在这里一直住下去吧。”于是雪抖开白色的大斗篷，盖住小草；霜拿出粉刷，给每一棵桃树抹上银装。她们又把北风请来，北风一口答应。他裹着厚厚的大衣，整日在花园里咆哮，把屋顶上的烟囱顶帽吹翻了。“这里真不错，”北风说道，“我们把冰雹也叫来。”于是冰雹也来了。每天他都在屋顶敲上三个钟头，直到片瓦不留，接着又去园子里胡逛。他穿一身灰衣，口吐冰气。

“我真搞不懂，春天为什么来得这么晚，”自私的巨人坐在窗前，望着自己冷清的花园，“希望天气快点儿变好。”

可是春天从未出现，夏天也没露面。秋天播撒着金色的果实，唯独绕过了巨人的花园。“那个自私鬼。”秋天鄙夷地说。于是冬天赖着不走，风、霜、雹、雪越发在花园里肆无忌惮。

一天清早，巨人醒着躺在床上，突然传来一阵美妙的乐曲。曲声如此动听，他想一定是皇家乐队恰巧经过。但其实那只是一只小小的红雀，站在他的窗台歌唱。巨人不知有多久没有听过鸟啼，在他听来，那简直就是天籁之音。屋顶上的冰雹突然住手，北风合拢了嘴，一阵香气飘进窗子。

“春天终于来了！”巨人满心惊喜，下床向外张望。

那是什么？

他看到了一幅神奇的图画。孩子们从一个小小的墙洞里钻进花园，爬上枝头。每棵树上，都有一个快乐的小孩儿。树木非常高兴，开满美丽的花簇，用手臂轻柔地抚摸他们的头。鸟儿在四周飞来飞去，快乐地啼叫；野花透过鲜嫩的草地，不停地笑。景象如此动人，只有一处小小的角落，冬天依然如故。那是花园的最深处，有个小孩儿站在树下。他个子太矮，够不到，只好在树旁绕来绕去，哭个不停。而那棵可怜的桃树，仍然披着雪被，任凭北风在枝头狂笑。“快上来，小家伙。”桃树拼命把腰往下弯，可那孩子实在太矮小了。

看到这里，巨人心都化了。“我多自私啊！现在我终于明白，春天为什么不来了。我要把那可怜的孩子抱上树，把墙推掉，让我的花园成为他们永远的乐园。”他十分后悔先前所做的事。

巨人悄悄下楼，轻轻推开门，慢慢走进花园。可孩子们见到他，马上吓得四散逃窜，花园又成了冰天雪地。只有那个最小的孩子没有走——他的眼里噙着泪，泪花蒙住了他的双眼。巨人悄悄来到他的身后，把他轻轻抱上树。桃树马上换上了花被，鸟儿落在枝头鸣叫。孩子张开小手，搂住巨人的脖子，给他一个吻。孩子们见到这一幕，顿时觉得巨人好像没那么可怕了，于是他们伴着春天的脚步，一齐跑回来。“这是你们的花园了，小家伙们。”巨人说完抡起大斧，砍向围墙。中午，人们出门买东西的时候，看见巨人和孩子们在一起玩，这座花园是他们所见过的最美的花园。

他们玩了一整天。天黑的时候，孩子们才向巨人告别回家。

“那个小不点儿呢？”巨人问，“就是我抱上树的那个小孩。”因为那个吻，他成了巨人最爱的孩子。

“不知道，”大家答道，“他走了。”

“记得告诉他，明天请他再来。”巨人叮嘱说。可是谁也不知道他的家在哪里，谁也不曾见过他；巨人难过极了。

每天放学后，孩子们都去花园里找巨人玩。可他最爱的那个孩子始终没有来。他对所有的孩子都很亲切，可心里却始终挂念他的第一个小朋友。“要是能再见他一面，该有多好啊！”巨人总是说。

一年又一年，巨人觉得自己越来越累、越来越老。他再也没有力气和孩子们玩耍，只能坐在大椅子上，一边看他们游戏，一边欣赏花园里的景色。“我有许多漂亮的花儿，”他说，“可最美的还是他们。”

一个冬天的早晨，巨人慢腾腾地穿着衣服，恍恍惚惚往外看。他早已忘记了冬天的可憎，那不过是花儿的休眠、春天的休假。

巨人突然怔在那里，揉揉眼皮——眼前的场景叫人惊奇。在那花园的深处，在那最深的角落里，一棵桃树开满了白色的花簇。她的枝头闪着金光，挂满银色的果实。而那树下站着的，正是那个令他牵挂的小孩子。

巨人欣喜若狂，下楼跑进花园，慌忙穿过草地，走到孩子近旁。等他瞧个清楚，巨人突然气红了脸，大声问道："是谁胆敢伤害你？"原来在那孩子的手心脚背，各有两枚深深的钉印。

"是谁？告诉我！"巨人嚷道，"我要劈了他！"

"没有人，"孩子说，"它们只是爱的伤痕。"

"你是谁？"巨人心中突然涌出一股敬畏，跪倒在地。

"你曾许我在这里玩耍，"孩子笑着说，"今天随我去我的花园，就在那天堂。"

那天下午，孩子们照常跑来玩耍。他们发现巨人安详地躺在树下，身上披满洁白的花。

# 忠实的朋友

一天早上，老河鼠从洞里冒出脑袋，抖抖硬邦邦的灰胡须，转转两只滴溜溜的小眼珠。它的尾巴又长又黑，活像一根橡胶。池塘里几只小鸭子游来游去，仿佛一群金丝雀。鸭妈妈披着大白衣，迈着红短腿，教小宝宝们倒立。

“要是办不到，你们就别想出人头地。”她总是在一旁不停地说道，还时不时给他们示范。可小家伙们并不在意，他们这样的年纪，还不知道什么叫出人头地。

“一群小淘气！”河鼠叫道，“活该被呛死！”

“别这么讲，”母鸭说道，“万事开头难，父母别怕烦。”

“我可不懂这些，”河鼠说，“我不想当什么父母。我没成过家，不想活受罪。爱情是不错，不过友情更珍贵。据我所知，世上没什么比一份忠实的友谊更高尚、更难得了。”

“那么请你说说看，什么才是忠实的朋友？”柳梢上的一只小黄雀，碰巧听到了这段谈话。

“嘎嘎，我也正想知道。”母鸭说着游到池塘尽头，把头扎进水里，示范给孩子们看。

“多么愚蠢的问题！”河鼠叫道，“当然是要对我忠诚、为我奉献喽。”

“那你又该怎样回报呢？”黄雀在枝头摇来摇去，扑扑小翅膀。

“你的意思我不懂。”河鼠回答道。

“那么，我就来讲个故事吧。”黄雀说。

“里面有我吗？”河鼠问，“有的话我就听，我爱听故事。”

“和你很相配。”黄雀说着飞下树，落在岸边，讲了起来。

“从前，有个叫汉斯的小伙子，为人忠厚老实——”

“他很有名吗？”河鼠问。

“不，”小鸟答道，“并非如此。可他心地善良，有张滑稽的、圆嘟嘟的脸。他一个人住在小屋里，一天到晚忙着打理花园。那是村子里最美的花园，开满各种好看的花儿——海石竹、香石竹、珍珠菊、荠菜花，争奇斗艳；粉月季、黄玫瑰、紫罗兰、红番花，竞相开放；蝴蝶花、杜鹃花、马乔莲、满山香，次第登场；樱草花、鸢尾花、金水仙、康乃馨，春去秋来。无论何时前往，这里总是满园芬芳、姹紫嫣红。

“小汉斯在村里有许多朋友，其中最忠实的朋友是一位有钱的磨坊主。他对汉斯非常忠实，每次路过那座花园时，总爱探过篱头，采一大捧鲜花，薅一小捧香草，或是在收获的季节，用李子和樱桃把口袋塞满。

“‘好朋友应当分享一切。’磨坊主总是将这句话挂在嘴边。小汉斯听了总是对他点头微笑，很为有这么一位高尚的朋友感到自豪。

“不过有件事情，邻居们一直想不通。为什么磨坊主那么有钱，却从来不给汉斯任何好处。尽管他的磨坊里堆满了面粉，养了六只丰盈的奶牛，还有一大群壮硕的肥羊，可小汉斯从来没有打过它们的主意。在他看来，能从好朋友的口中不断听到什么叫作无私和真正的友谊，就比吃了蜜还甜。

“小汉斯就这样与花园相伴。平时倒还顺利，可是一到冬天，他就再也无花可摘、无果可卖，只好忍饥挨冻。晚上常常没什么下肚，只凭几枚干果充饥。冬天他也更加孤独，因为好心的磨坊主从来没有上过门。

“‘外面大雪纷飞，看他又有什么好处呢？’磨坊主对妻子说，‘一个人若是遇到了麻烦，他们就想一个人待着，不被别人打扰。这就是我对友谊的看法，并且我肯定我是对的。所以我要等到春天再去，到时他也能给我一篮鲜花，这会让他很开心的。’

“‘你考虑得真周到，’磨坊主的妻子说，‘非常周到。’她靠着舒适的椅背，坐在旺盛的火炉边，‘友谊在你嘴里，简直是种美妙的音乐。就连咱们这里的牧师，恐怕也没有这样的巧舌，尽管他住的是三层楼的大房子，手上戴着金扳指。’

“‘既然汉斯那么可怜，我们为什么不请他过来呢？’磨坊主的小儿子问，‘我会把粥分他一半，让他看看我的白兔。’

“‘你真是个笨小子！’磨坊主怒斥道，‘不知你在学校里都学了些什么，我看这钱都白交了。假如像你说的，汉斯要是真来了，看到我们温暖的炉火，看到这桌香喷喷的饭菜，还有那桶上好的红酒，他会眼红的。眼红是一种最可怕的疾病，它会腐蚀人们的天性。我是汉斯最好的朋友，理应替他小心，让他远离诱惑的旋涡。倘若他来了，兴许还会借面粉，这可不

好。朋友归朋友，面粉归面粉，这是两码事。它们写法不一样，自然不可混为一谈，你说是不是？’

“‘讲得好！’磨坊主的妻子自斟了一大杯热啤酒，‘我觉得脑袋轻飘飘的，像在教堂里听经似的。’

“‘会干的人多，会讲的人少，’磨坊主说，‘这表明会说比会干更困难，也更高级。’他冷峻地望着桌对面的儿子。小家伙羞愧地低下脑袋，耳根赤红，眼泪悄悄滴进茶杯。尽管这样有失体统，可是别忘了，他还只是个小孩儿。”

“故事讲完了？”河鼠急忙问。

“当然没有，”小鸟说，“这只是个开头。”

“那你太逊了，”河鼠说，“现在的故事，总是先结尾，后开头，然后入正题——这是新的方法。我是从一位批评家那儿听来的。那天他正跟一个年轻人在池边散步，对此发表了一通长篇大论。我想他说得应该没错，因为他戴了一副蓝眼镜，脑袋光秃秃的。只要年轻人一说话，他就来句‘呸’！不过请你别停，我挺喜欢那位磨坊主，那些美妙的想法我也有，深有同感。”

“那么，”小鸟跳跳左脚，跳跳右脚，接着讲，“冬天一结束，迎春花张开一颗颗黄色小星星的时候，磨坊主对妻子说，要去探望好朋友。

“‘你的心肠多好啊！’妻子说，‘总是挂念别人。别忘了拿上篮子，摘些花回来。’于是磨坊主拿铁链捆好风车，拎起空篮走下坡。

“‘早上好啊，小汉斯。’磨坊主对朋友打招呼。

“‘早上好。’汉斯倚着锄头，笑容满面。

“‘怎么样，冬天过得还好吧？’磨坊主问。

“‘啊，谢谢！’汉斯激动地讲，‘很高兴你问起来。我想恐怕并不好。好在春天来了，现在好多了，花儿也都开了。’

“‘老实说，汉斯，我们没少念叨你，怕你有难处。’

“‘你真好，’汉斯说，‘我还有些担心，怕你把我忘了呢。’

“‘哪能呢，汉斯，’磨坊主说，‘朋友之间永不相忘，这正是友谊最大的妙处。只是这种生活的诗意，恐怕你不明白。瞧瞧，你的花开得多好哇！’

“‘确实不错，’汉斯说，‘幸好我有不少。我正打算上集市，把它们卖给市长的女儿，然后赎回我的小推车。’

“‘小推车？你该不是把它卖了吧？多傻啊！’

“‘可我没办法……’汉斯说，‘冬天很难熬，面包总要花钱。我只好卖掉大衣上的银扣，还有脖子上戴的那根银链

子，然后卖了我的烟斗，还有我心爱的小推车。不过这下好了，我终于可以把它们全都赎回来了。'

"'汉斯，'磨坊主说，'我的小车给你用，尽管它有点儿小毛病。我是说——货板少了一半，轱辘也不太灵便，可是没关系，请你随便用。也许我不该这么慷慨，别人听了，准会骂我糊涂鬼。可他们是他们，我是我。我认为慷慨正是友谊的精华，何况我还有辆新的。好了，别发愁，我的小车给你了。'

"'真的吗？你真是太慷慨了！'汉斯滑稽的小圆脸上充满喜色，'几下我就能把它修好，屋里正巧有块木板。'

"'什么，木板？太巧了，我正需要呢！我的谷仓顶上有个大洞，若是不补的话，粮食就会馊掉。幸好你提到，果然善有善报。我刚给你小车，你就送我木板。虽然两样没法儿比，小车更值钱。可是朋友之间，不该计较吃不吃亏。去吧，快去把它拿来，我要马上开始修我的谷仓。'

"'没问题！'汉斯转身冲进草棚，把木板拖了出来。

"'啧啧，可惜不够大，'看到汉斯拖来的木板，磨坊主惋惜地说，'要是拿去补屋顶，小车的那份就不够了——可是这当然不能怪我。看在小车的份上我想你一定愿意给我些花作为回报。这只篮子，请你把它装满。'

“‘装满……’汉斯心里暗暗难过。篮子大得可怕，要是装满的话，他就没有花儿拿去卖了。汉斯多想赎回他的银扣子啊。

“‘当然。你想，既然你拿了我的小车，给我些花儿又有什么不可呢？也许我说得不对，可是真正的朋友，不该只顾自己。’

“‘朋友，我亲爱的朋友，我的花儿全给你。跟银扣相比，我更情愿得到你的赞赏。’说完汉斯跑进花丛，把篮子塞得满满当当。

“‘再见了，汉斯。’磨坊主扛起木板，提起花篮，走上山坡。

“‘再见，我的朋友。’汉斯快活地挖着土，期待小车的到来。

“第二天，汉斯正在往门廊上钉忍冬时，突然听到有人叫他。他忙跳下梯子，跑进花园往外瞧。原来是他的朋友磨坊主，背着一只大口袋。

“‘亲爱的汉斯，你能帮我把这袋面粉扛去集市上卖了吗？’

“‘很抱歉……’汉斯说，‘可我今天实在没空。我要把这些忍冬钉好，再给花儿们浇浇水，还有草皮等着卷。’

“‘是吗？’磨坊主说，‘看在小车的份上，这样是不是不够朋友呢？’

“‘不，不，请别那么说，我永远也不会那么做。’汉斯连忙戴上草帽，扛起那袋面粉，摇摇晃晃地走向集市。

“那天热得要命，路上黄沙弥漫。汉斯一口气走了六英里，累得只好坐下休息。但他还是咬咬牙，坚持来到了市集。他在市集上等了一会儿，把面粉卖了个好价钱，然后立刻起身回家。他怕半路遇到劫匪，不敢耽搁。

“‘今天累得够呛，’汉斯上床时心里说道，‘可我很高兴。磨坊主是我最好的朋友，他还要给我小车呢。’

“第二天一大早，磨坊主就来取面粉钱。汉斯累得浑身酸疼，仍在床上躺着。

“‘恕我直言，朋友，你太懒了。’磨坊主说，‘我把小车给你，你该更加勤快才是。要知道，懒惰可是个大毛病，我可不想眼看朋友整天游手好闲、无所事事。我这人说话直，请见谅。假如我们不是朋友，我才不会多管闲事呢。要是不能直言不讳，友谊还有什么用呢？谁都会说漂亮话，溜须奉承拍马屁；可是真正的朋友，却敢于发出逆耳的忠告，不管多难忍受。不错，我想这才是真正的朋友，他知道这是为了谁好。’

“‘对不起，对不起，’汉斯摘掉睡帽，搓搓眼，‘可我

累坏了，所以就想多躺一会儿，听听小鸟欢唱。它们的歌声总能叫人充满干劲！’

“‘这样正好，’磨坊主拍拍朋友的背说，‘那就请你穿好衣服，帮我补补屋顶吧，越快越好。’

“可怜的汉斯多想先去看看他的花儿呀。两天以来，它们滴水未沾。可他不想辜负朋友，辜负好心的磨坊主。

“‘要是我说没空，会不会显得不厚道……’他战战兢兢地红着脸问。

“‘什么？’磨坊主问，‘我想和小车相比，这实在算不上什么大忙。不过当然，要是你不乐意，我就自己去。’

“‘不，不，我乐意！’汉斯连忙下床，穿好衣服，直奔谷仓。

“汉斯忙了整整一天，直到太阳落山。天黑的时候，磨坊主跑来查看。

“‘补好了吗，汉斯？’磨坊主高兴地问。

“‘补好了。’汉斯说着爬下木梯。

“‘啊，这个世界上，还有什么比为朋友效力更令人愉快的呢？’磨坊主说。

“‘每次听你说话，都是一种极大的荣幸，’汉斯坐在地上，揩揩汗水，‘荣幸之至。只怕我的嘴里，永远也蹦不出这

么漂亮的字眼。’

“‘别担心，只要你持之以恒，早晚会有的，’磨坊主说，‘现在你还只是实践，早晚会领悟到友谊的真谛。’

“‘真的吗，我真的可以？’汉斯问道。

“‘当然，’磨坊主说，‘既然屋顶修好了，你快回家休息去吧。明天我想请你上山，替我放羊。’

“可怜的汉斯什么话也不敢说。第二天一早，磨坊主就把羊群赶到了他的小屋门口。汉斯连忙赶羊上山。一来一去，花掉了汉斯一整日。刚进家门，他就累得瘫倒在椅子上，一觉睡到大天亮。

“‘天气多好啊，多想去花园干活儿啊！’汉斯马上起身。

“可他总是干不了多久，因为磨坊主总来找他，不是让汉斯替他跑腿，就是替他磨面粉。汉斯总是苦恼，生怕花儿误会，以为自己被主人抛弃；可他总是安慰自己——磨坊主是他的好朋友——‘他还要把小车给我呢，多慷慨啊。’

“就这样，汉斯每天从早到晚为磨坊主忙碌。磨坊主嘴边总是挂着好听的音符，赞美他们的友谊。汉斯把它们记在纸上，晚上拿出来读读——他实在是个勤奋的小伙子。

“一天夜里，汉斯正在炉边取暖，突然传来重重的敲门声。外面飞沙走石，狂风呼啸，想必一定是风暴。可是两下、三下，敲门声越来越响，越来越大。

“‘准是可怜的流浪汉。’汉斯小声嘀咕，跑去开门。

“只见门外有个人影，一手提着灯笼，一手拄着拐棍——来的正是磨坊主。

“‘不好了，亲爱的汉斯！’磨坊主说，‘我的小儿子不小心跌下了梯子，伤得不轻，必须马上请医生。可是医生家离得太远，风又凶得很，我便马上想到了你。要是你能替我跑一趟，那该多好哇！既然我要给你小车，理应得到你的回报，这才公平啊。’

“‘当然！’汉斯满口答应，‘这是我的荣幸，我马上就去！可是你得把灯笼借给我，外面黑咕隆咚的，我怕踩进沟里。’

“‘对不起，’磨坊主说，‘可这是我新买的。万一有个好歹，我要吃亏的。’

“‘没关系，不碍事。’汉斯说着披上皮袄，戴上红绒帽和围巾，起身出发。

“那天的风暴非常可怕！夜很黑，汉斯几乎什么也看不见，儿风又很大，汉斯差点儿站不住脚。可他不畏艰难，花了大约三个小时，终于来到医生家门前。汉斯敲了敲门。

“‘谁呀？’医生从窗口探出脑袋问道。

“‘是我，医生，小汉斯。’

“‘怎么了，小汉斯？’

“‘磨坊主的小儿子跌下了梯子，伤得不轻，请您快去瞧瞧！’

“‘就来！’医生马上差人备马，拿来皮靴和灯笼，下楼直奔磨坊主家。汉斯吃力地跟在马后。

“狂风越吹越猛，天上倾泻着豆大的雨点，汉斯跟不上飞奔的马，辨不清东西南北。他终于迷了路。来到了沼泽地。那是一个危险的去处，雨后遍地都是深坑。可怜的小汉斯溺死在一个大池塘里。第二天一早，几位牧民发现他的尸体漂浮在水坑上，于是他们把汉斯运回了他的小屋。

“全村人都来参加小汉斯的葬礼，都为他的不幸感到难过。丧主正是磨坊主。

“‘作为汉斯最好的朋友，我应该获得最好的位置。’磨坊主穿着一条黑色的长袍，走在队伍的最前面，不时用口袋里的大手帕抹抹眼泪。

“‘这是我们所有人的不幸。’葬礼结束后，大家坐在舒适的酒馆里，享用着蛋糕美酒时，铁匠说道。

“‘更是我的不幸。’磨坊主说，‘我就要给他小车了，这下全完了。把它放在家里是个累赘，一身毛病，实在卖不了几个钱。我发誓再也不会大发善心，乱送东西了——慷慨总是要承受更多。’”

“后来呢？”河鼠等了半天问。

“故事讲完了。”黄雀说。

“可是磨坊主呢，他后来怎么样了？”河鼠问。

“这我不知道，”黄雀说，“也不想知道。”

“你天生不懂得同情别人！”河鼠说。

“恐怕你没明白其中的寓意。”黄雀说。

“寓什么？”河鼠尖叫问。

“寓意。”

“你是说这个故事有寓意？”

“当然。”黄雀说。

“当然？”河鼠恼羞成怒，“那你怎么不早说？要是早知道，我才不听呢！不仅如此，我还要像那位批评家一样，‘呸’你一口！——现在也不晚！”于是河鼠使出吃奶的力气，拼命啐了一口，然后拍拍尾巴，溜回洞中。

“你瞧河鼠怎么样？”过了几分钟，母鸭慢悠悠地游过来问，“他有不少长处，可是身为一名母亲，每当我看到这种倔强的单身汉，总免不了掉泪。”

“我怕是惹他生气了，”黄雀说，“因为我的故事里有个寓意。”

“啊哟，那样做总是非常危险的！”母鸭说。

这我完全同意。

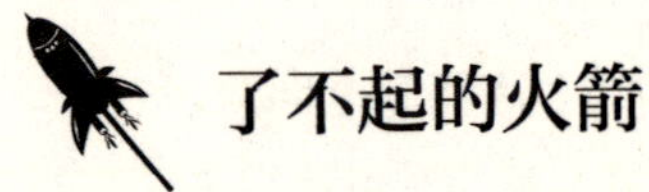

# 了不起的火箭

国王的儿子要结婚，城里处处欢歌笑语。王子苦苦等了一年，终于盼来了他的新娘。那是一位俄国公主，乘着六匹鹿拉的雪车，从遥远的芬兰一路赶来。雪车像只金色的天鹅，张着两只大翅膀，坐在中间的，正是那位小公主。雪白的貂裘没过她的小脚，银丝小帽戴在头上，而她脸色苍白，就像她一直住着的冰雪宫殿。“她像一朵白玫瑰！”雪车穿过街道时，人们惊讶地叫道。他们唱啊，跳啊，朝她抛撒美丽的花瓣。

王子守在城堡门口，等着迎接公主。他有一头耀眼的金发，两颗梦幻般的紫眸。见到自己的新娘，王子马上单膝跪地，亲吻她的手背。

“你的画像很美，”王子喃喃说道，“可你更美。”

公主脸红了。

“她像一朵白玫瑰，现在是朵红玫瑰了。”一位年轻的侍从对身旁的人说。大家无不为之欢呼。

“白玫瑰，红玫瑰；红玫瑰，白玫瑰……”接下来的三天，每个人的嘴里都在这样说。国王下令，把小侍从的薪水翻一倍。可他本来就分文不得，所以没什么用处。可这毕竟是一份巨大的荣耀，并且登上了《宫廷报》。

三天之后，举行婚礼。婚礼十分隆重，两位新人手拉着手，走在白珠紫绒的华盖下。国王宴请宾客，整整热闹了五个钟头。王子和公主共坐首席，同举一只纯净无瑕的水晶杯斟酒喝——只有真心相爱的人才能用它，否则嘴唇一碰，酒马上就会浑浊不堪。

“很显然他们深爱着对方，因为杯中的酒就像水晶一样透彻！”那位小侍从又说道。国王又把他的工钱加了一倍。“多荣幸啊！”大家齐声欢呼。

酒足饭饱之后，舞会开始了。新郎和新娘一起跳着玫瑰舞，国王为他们演奏长笛。他吹得很难听，可是谁也不敢告诉他，只因他是一国之君。他只会吹两个调子，而且总是搞混；可这并无大碍，国王只要一张口，人们便会争相喝彩。

婚礼最后一项，是午夜的礼花盛会。公主从没见过礼花，于是国王特地下令，请来了御用的礼花师。

“礼花是什么样子？”一天早上，公主在露台散步时问。

“就像你们那儿的北极光。”国王说。他总是喜欢抢话说。“只是更加自然。我爱它们胜过爱星星，因为它们从不迟到，就像我的笛声一样，令人陶醉。到时你可要好好瞧瞧。”

花园的深处，搭好了一座大台子。一切准备就绪之后，礼花们就开始聊起天儿来。

“世界太美了！”一只小火鞭说，“那些黄色的郁金香，简直比礼花还漂亮。出门真好，它能抹除你的偏见，增长见识。”

“花园可不是世界，小傻瓜，”一支长长的彩珠筒说，“世界广阔无比，可以逛上三天三夜。”

“你所恋着的地方，就是世界。”多愁善感的炫火轮说。她曾爱过一只老木匣，颇为她的失恋感到自豪，“只是爱情早已失宠，诗人便是刽子手。他们为它滥用笔墨，结果无人再信——而这并不令我感到惊讶。真正的爱是沉默，是痛苦。我不由得想到了从前的自己——唉，不提也罢，浪漫早已成为过去。”

“谬论！”彩珠筒反驳道，“浪漫永远存在，就像月亮永生不灭，比如这对新郎新娘，他们非常相爱。这是今早我从抽屉里的一只纸盒那里听来的，他对宫里的消息了如指掌，我们恰巧住在一起。”

“浪漫已死。浪漫已死。浪漫已死……”炫火轮晃着脑袋，默默低语。有些人相信，只要把一句话重复千百遍，最终就能实现。

一阵突如其来的咳嗽，引得大家四下张望。

那是一支高高的火箭，无比傲慢，绑在一根长长的木棒上。每次发话前，他总是这样干咳两声，以吸引他人的目光。

“啊哼——”火箭清清嗓子。

大家马上竖起耳朵——只有可怜的炫火轮还在不住地摇头晃脑，嘴里念着“浪漫已死”。

“肃静！肃静！”爆竹说。他像政客一样，总爱在讨论中大出风头，对这样的术语轻车熟路。

“浪漫死绝了。”炫火轮说完便睡着了。

一片寂静之后，火箭又咳了两下，开始说话。他字正腔圆，一字一顿，语速很慢，像在口述回忆录，并且从不拿正眼瞧人——这样的确很高贵。

“国王的儿子真走运！”火箭说，“婚礼恰好选在我登场的日子，就像特意安排的一样。不过话说回来，哪个王子不幸运呢？”

“胡说！”小火鞭说，“我看恰恰相反。全是因为王子，我们今天才能到场。”

“对你也许是这样。”火箭说，“可我不是。我是一支了不起的火箭，来自一个了不起的家族。家母是红极一时的炫火轮，她优美的舞姿曾迷倒众生。每逢隆重的场合，她总会在天上连兜十九个圈，每圈都迸出七颗粉星。她的火轮足有一米，火药用的全是上等品。家父同我一样，也是火箭，有着最纯正的法国血统。他飞得那么高，人们总是担心，怕他再也飞不回来。可他没有令他们失望，而是以慷慨与优雅的姿态，洒下一片美丽的火花雨。对于他的表演，报纸从不吝惜赞美之词，《宫廷报》甚至说，这是梨花艺术的奇迹。”

“礼花，礼花艺术，”火花棒说，“这个词我知道，我在我的小罐儿上见过。”

“我说的是梨花。”火箭脸一沉。火花棒吃了闭门羹，只好转过来欺负小火鞭，逞逞威风。

“我说，我说……说什么来着？”火箭问。

“你在说你自己。”彩珠筒说。

“对，没错。我就知道被人粗鲁地打断前，谈的准是个有趣的话题。我这人天生敏感，讨厌各种无礼的举动。我敢肯定，在敏感方面，谁也比不过我。”

“什么是敏感？”爆竹问彩珠筒。

“就是鸡眼长在自己脚上，却总是拿脚踩别人。”彩珠筒附耳说道，爆竹差点儿笑破肚子。

“请问，你在笑什么？”火箭问，“我可没笑。”

“我高兴。”爆竹答道。

“这真是个自私的理由！”火箭生气地嚷道，“你凭什么高兴？你该多替别人想想！你该想想我。我就总想自己，你们都该学学我。这个叫作同情，一种非常高尚的美德——而我从不缺乏。倘若我今晚遇到不测，将是所有人的不幸！王子和公主愁眉苦脸，他们的婚姻全毁了；国王也受不了这样的打击。每当想到自己如此重要，我就忍不住想哭。”

“假如你不想让大家扫兴，那就别流泪，保持干燥。”彩珠筒叫道。

“没错，这是常识。”火花棒重新找回了自信。

“对，常识！”火箭气恼地说，“可我并不寻常。恰恰相反，我非常了不起！常识人人都有，那是缺乏想象力的表现。我则充满幻想，从不拘泥于事物的表象。我的见解非常独到。至于流泪，显然在座的各位谁都没有如此丰富的感情。幸好我不在意。生活的根本，就是要有巨大的优越感，我时常这样提醒自己。哪像你们没心没肺，只会在这里嬉皮笑脸，好像王子没有你们就没法儿结婚似的！”

“什么？”一只小巧的火气球说道，“这是什么话？这是个快乐的时刻，我早就等不及飞上天空，把婚礼讲给星星们听了。等我向它们讲到那美丽的新娘，它们准会眨眼睛。”

“多么浅薄的人生观啊！”火箭说，“看来我猜得没错，你的内心一片空白。你想想，假如王子和公主跑去外国，假如那里有条很深的河，假如他们只有一个像王子那样金发紫眼的儿子；假如有天保姆带他出门散步，假如她在树下睡着了，那个孩子也许就会掉进河里，活活淹死。多惨啊！可怜的人儿，失去了他们唯一的儿子，简直太可怕了！我永远都不会安心的。”

“可他们没有失去那唯一的儿子呀，”彩珠筒说，“什么不幸也没有。”

“我没说有，我是说也许，”火箭说，“假如真有，那就来不及了。有人总爱为打翻的牛奶而哭泣，我讨厌这样。可是一想到他们的儿子也许真的会死，我就被深深地感染了。”

“不错！你是我见过的人里面最矫情的。”火花棒说。

“你是我见过的最无礼的人！”火箭说，“你不懂我和王子的交情。”

“得了吧，你们根本不认识。”彩珠筒嚷。

“我没说认识，”火箭说，“假如真认识，恐怕我们永远也成不了朋友。朋友之间不能太了解。”

“眼下最要紧的，是你不能流泪。”火气球好心劝道。

“对你当然要紧，而我想哭就哭。”火箭果然迸出了眼泪，顺着木棒，下起了“雨滴”。两只路过的小甲虫正想找个地方安顿，建造一个美丽的家——眼泪差点儿把他们淹死。

“他准是个浪漫坯子，总是哭得莫名其妙。”炫火轮长长地叹了一口气，又想起了她的老木匣。

可是火花棒和彩珠筒很不高兴，扯着嗓子嚷嚷“胡说！胡说！”他们很实际，只要不喜欢的，就会送它这两个字。

月亮慢慢升上天空，宛若一面闪亮的银盾，星星睁开了眼，宫中传来悠扬的音乐。

王子和公主翩翩起舞，颀长的百合忍不住趴上窗台，欣赏他们优美的舞姿；火红的罂粟打着拍子，微微颔首。

晚上十点的钟声响了，十一点也过去了，当十二点的钟声响起后，大家纷纷来到露台。

国王宣布礼花表演开始，礼花师深鞠一躬，昂首走向花园。六名侍从紧随其后，手里举着长长的火炬。

真是一场壮丽的表演。

呼哧！呼哧！炫火轮转啊转啊，飞上了天；彩珠筒放起了连珠炮——嗵！嗵！火鞭噼里啪啦、到处乱窜；火花棒把周围映得通红。“再见。”火气球说着升向天空，撒下蓝色的小星；砰！砰！爆竹也不甘示弱，使出了它的看家本领。大家各显身手，只有了不起的火箭没有吭声。他一身是泪，怎么也飞不出去。他的奥妙在于火药，湿了还有什么用呢。而那些他瞧不起的伙伴，那些他爱搭不理的穷亲戚，却个个绽放着光彩，开出了一朵朵火红的金花。万岁！万岁！大家欢呼着，公主从未这么开心过。

“他们准是把我留下，用在更盛大的场合。没错。”火箭高高抬起了头，更加骄傲起来。

第二天，几个杂役跑过来打扫。“这一定是代表团了，”火箭说，“我得摆摆谱儿。”于是他扬起鼻子，紧锁眉头，好像在思考高深的问题。可直到临走，他们也没有瞧他一眼。“什么劳什子！”其中一个人不小心瞥到了他，悻悻地骂道，把他丢出墙外，落在水沟里了。

“什么？劳什子？”火箭转着圈叫，“不，他说的准是‘了不起’！它们听起来差不多，都是一个意思。”火箭说完便扎进泥里。

“这里挺别扭，”火箭说，“可是不用猜，这一定是一座高级浴场，他们准是送我来疗养的。我的神经疲惫不堪，是该好好歇歇。”

不远处游来一只小青蛙，张着一双亮闪闪的眼睛，披着一件绿花衣。

“原来是个新来的！”青蛙说，“说真的，什么也没有泥巴妙。只要有一条沟，只要下下雨，我就顶满意。你说待会儿会下雨吗？希望如此，可是天空一片碧蓝，真可惜！”

“喀！喀！”火箭清清喉咙。

“你的嗓子不错！”青蛙说道，“挺像我们‘呱呱’叫。那是世界上最美妙的音乐，我们晚上还有合唱呢。大伙儿坐在农屋旁的老鸭塘里，月亮一来就开始。人们躺在床上静静地听着，别提多美了。昨天我亲耳听到农夫的妻子对她母亲说，我们的歌声，让她一夜没合眼。能够受到如此热烈的欢迎，真叫人自豪。”

“吭！吭！”火箭有些不快。想说话却插不上嘴，叫他很恼火。

“你的嗓子确实不错，”青蛙接着说，“希望你能加入我们。现在我要去找我的女儿了。我有六个漂亮的姑娘，我怕她们碰上梭子鱼。他是个可怕的大怪物，他会毫不犹豫地把他们当早饭吃掉。那么，再见吧，我们聊得很愉快。”

“我们？”火箭说，“笑话！你一直在自说自话，哪有我的份儿？”

“总要有人做听众嘛，”青蛙说，“而我喜欢自言自语。这既省时间，而且不用争。”

“可我喜欢争！”火箭说。

“那又何苦呢，”青蛙得意地说，“争吵有失体统，真正的上流人士，思想应该保持一致。再见，我瞧见我的女儿了，她们就在前面。”青蛙说着游走了。

“瞧把你急的，真没礼貌！”火箭很生气，“我最讨厌你们这种只顾自己开口，不许别人搭话的人了。我说这叫自私——世界上最令人讨厌的缺点之一——尤其对我来说。众所周知，我天生富有同情心。而你，应该向我看齐，没人比我更称职。这么好的机会可不多见，我随时都会回到宫里去，你竟然不懂好好把握。我是宫里的大红人，王子和公主的婚礼，全是拜我所赐。不过你又知道什么，你个土老帽儿！”

“你在白费劲儿，”芦苇上的蜻蜓说道，“他已经走远了。”

“那是他的损失！”火箭说，“我才不管他走没走远，我要说个痛快。我喜欢听自己讲话。这是种极致的乐趣。我常跟自己侃侃而谈，只不过我有时聪明过头，别人往往听不懂我的意思。”

“那你最好去教哲学。”蜻蜓张开薄薄的纱翼，悠然而去。

“他真傻！竟然飞走了！这么好的进步机会，哪里找呢？管他呢，像我这样的天才总有一天会得到赏识的。”火箭在泥里越陷越深。

没多久，游来一只大白鸭。她有两只杏黄色的脚蹼，走起路来一摇一摆——人们把这称作美。

“嘎！嘎！”鸭子说，“你的样子真奇怪！请问这是天生的，还是一场意外？”

“显然你没有进过城！”火箭说，“竟然不知道我是谁。不过我原谅你的无知。想让每个人都跟自己一样了不起，显然是种痴心妄想。假如你知道我会飞，还会撒下金色的火花，准会大吃一惊。”

“这倒无所谓，”鸭子说，“我不懂那有什么用。牛耕地，马拉车，狗牧羊，如果你会这些，倒是值得一提。”

“天哪，你果然居于下层阶级！”火箭傲慢地嚷，“我们这样的身份，从来不做有用的事。我们自有一定的成就，可是不必干活。我对任何工作都提不起兴趣，特别是你提到的。在我看来，所谓的勤恳，只不过是无事可做的人的一种逃避。”

“好吧，好吧，”鸭子生来温顺，不爱与人争论，“每个人都有不同的品位。不管怎样，愿你在这儿住得愉快。”

“什么？不！不！我只是来做客的，一位贵客，”火箭嚷道，“我非常厌恶这里。既没什么像样的交际，也叫人难以清静，基本是个郊区了。我很快就要回宫了，因为我命中注定，要干一番大事！”

“我也想过从事社会活动，”鸭子说，“需要改变的东西太多了。真的，我还曾经主持过会议，反对我们讨厌的一切，结果一无所获。如今我已回归家庭，尽心照料家人。”

“我生来就是要从事社会活动的。”火箭说，“还有我的那群亲戚——不论高低贵贱。每当我们出场，总会万众瞩目。虽然还没轮到我，可是时机一到，必将全场轰动！至于家务嘛，那会让人早早变老，让人无暇顾及更崇高的理想。”

“啊，更高的理想！听起来很美！我觉得肚子饿了。嘎——嘎——嘎——”鸭子游走了。

“回来！回来！”火箭直叫，“我还没说完呢！”可是鸭子头也没回。“走得好，”火箭自言自语，“她明显怀有中产阶级思想。”火箭陷得更深了。就在他感叹天才是如此寂寞的时候，两个穿白衣的孩子跑了过来，抱着水壶和木柴。

“这回准是代表团来了。”火箭马上故作威严。

“瞧这破棍子！不知哪里冒出来的。”一个孩子说着，从泥里拔出火箭。

“什么，破？不对，他说的准是‘阔！’这是一种极大的恭维，他准是把我当成了达官贵人了！”

“把它丢进火里烧水。”另一个孩子说。

于是他们堆好木柴，把火箭扔在最顶上，生起火来。

“好极了！”火箭说，“他们想让我白天出场，吸引所有人的目光。”

“我们眯一会儿吧。等醒了，水就烧好了。”两个孩子躺在草地上，闭上眼，枕着小草。

湿漉漉的火箭好半天才被火舌吞掉。

“我要出场了！”火箭昂首挺胸，“我要飞过星星，飞过月亮，飞过太阳。我要……”

嗞！嗞！嗞！火箭径直蹿向天空。

“太棒了！我将永远这样飞翔，我最了不起！”

可是谁也没看见。

火箭突然浑身刺痒，涌起一股奇怪的感觉。

“我要炸了！”火箭激动地嚷，“我要轰动整个世界，让人们永远记住我的鸣放！”砰！砰！如他所愿，火花四溅。

可是谁也没有听见。就连那两个烧水的小孩儿，也在呼呼大睡。

火箭只剩下一根光杆儿，落在一只大鹅的背上——她正沿着水沟溜达。

“不得了啦！天上下棍子啦！”倒霉的大鹅边逃边喊，扑进水里。

“我就知道我会引起轰动。”火箭长吁一声，终于熄灭了。

# 石榴屋

# 少年王

加冕的前一天晚上，年轻的国王独自坐在美丽的卧室里。大臣们按照当时的礼仪，躬身俯首，悉数告退，然后回到大殿，向礼官请教最后的功课。其中有几位对加冕的礼仪仍不熟悉，这对臣仆来讲，可是很严重的过失。

而那位少年（他只有十六岁，确实是个少年）对他们的离去却并不在意。他重重地倒在绣花椅的软垫上，躺在那里一动不动，长长地舒了一口气。他睁大眼睛，张开嘴，既像森林里那位半人半羊的农牧神；又像只受惊的小兽，刚刚落入猎人的陷阱。

确实，正是猎人找到了他。那时他正光着小脚，拿着长笛，跟在一大群羊身后——那位穷苦的羊倌将他抚养长大，他把羊倌当成了自己的亲生父亲。而他的母亲，正是国王唯一的千金。可她却嫁给了一个卑贱的男人——一个异乡人，他用手中那支奇妙的魔笛，掳走了公主的心。也有人说，他是一个来自意大利海边的画家，公主对他十分倾慕。也许是这份爱慕过于沉重，有天他突然抛下教堂里未完成的画作，一声不响地消失了。而那出生不到七天的孩子，也在母亲熟睡时，被人偷偷抱走，交给了一位普通的农夫。他和妻子无儿无女，住在森林深处，从城里骑马过去，也要一天的光景。不知是悲痛，还是御医所称的瘟疫，抑或是某种酒杯里的意大利毒药，那位生下他的苍白女孩在醒来后一小时就死了，就在那位忠心的侍者带着孩子，从疲倦的马背上俯身敲门的时候，死去的公主正被带到荒郊野外一座废弃的墓园，埋在深深的坟地里。据说里面还有一具尸体，一位英俊倜傥的外国男子，他的双手被反绑在背后，胸口满是血红的刀痕。

至少，这是人们所流传的说法。而当老国王垂死之际、卧在病榻时，不知是因为悔过，还是担心后继无人，派人叫来了那个孩子，在群臣的面前，承认他的身份。

似乎从接受王位的那一刹起，少年就表现出对于美的痴求。这种奇怪的迷恋，注定会影响他的一生。那些为他更衣的侍者，常常讲起当他看到满屋的绫罗绸缎和金银珠宝时，口中所迸出的欢叫；讲起他把粗糙的皮衣和斗篷丢到一边，喜极而泣的样子。他也常常想念森林里的无拘无束，对宫里那些繁文缛节深感厌恶。可在那座雄伟的大殿——那座“无忧宫”里，这位新主人却发现了一片能够给他带来无穷欢乐的新世界。只要一有机会逃出会议席和觐见厅，他就会立刻跑下宽大的楼梯，在两旁扶手上的金狮和脚下云砖的陪伴下，在宫室与游廊间来回穿梭，仿佛在美中寻求救命的良药，祛病止痛。

对少年来说，这是一段段奇妙的探险，在衣着华丽、浓发健美的侍从们的陪伴下，徜徉于一片非凡的领土。可他更喜欢一个人走，就像一种本能、一种参透，他知道艺术的秘密最好秘密地掌握，因为美像智慧一样，喜欢孤独的信众。

那时流传着他的许多逸闻怪事。据说有位矮胖的市长，带着一份华丽的赞词，代表市民前来表忠心时，曾见他跪在一幅威尼斯来的巨画前，膜拜几位新神。有次他失踪了几个钟头，人们到处搜寻，终于在北边塔楼的一个小房间里找到了他。他正望着一块刻着维纳斯所恋着的那位美少年——阿多尼斯的希腊宝石，怔怔地发呆。还有人说，他曾用自己温热的嘴唇，亲吻雕像冰冷的额头。那是一尊大理石，人们修桥时发现它孤独地躺在河床上，上面刻着古罗马皇帝哈德里安之奴安提诺乌斯的名字。他还花了整整一夜，观察月神爱人的银像在月光里的模样。

他无法抗拒任何一件奇珍异宝。为了得到它们，他派出了一批又一批寻宝商人。有的前去北海，从渔民的手里买琥珀；有的前往埃及，在法老王的墓里寻找神奇的绿松石；有的去往波斯，收集彩陶和丝毯；有的远渡印度，挑选纱罗、染色的牙雕、月亮石、玉镯、檀香、蓝珐琅，还有上好的毛披肩。

但最让他神往的，还是加冕时的穿戴——金缕织成的御袍，镶满红宝石的王冠，嵌满珍珠的短手杖。这天晚上他靠着奢华的躺椅，望着壁炉里大块的松木慢慢燃烧时，脑子里想的全是这些。它们出自当时最好的匠人之手，早在几个月前，就为他献上了图样。他命令他们连夜赶制，派人四处搜求珠宝与之相配。他仿佛看见自己穿着帝王的服饰，站在高高的祭台前；酒窝露出的微笑，徘徊在孩子气的嘴唇边；一双乌黑的眼睛燃起了火光。

过了一会儿他起身，倚向雕花的烟罩，打量起昏暗的房间来。墙上挂满华贵的壁毯，场景取自《美的胜利》；一排镶着玛瑙与天青石的立橱，填满屋角。开窗对面，有只精美的斗柜，上面绘着金色的漆画，四周镶满金块。柜上有几只精致的威尼斯酒杯，旁边放着黑曜石茶杯。丝绸的床单上绣着暗淡的罂粟花，仿佛刚从睡着的手中滑落；竖纹的象牙柱，支起天鹅绒的帷幔；大簇大簇的鸵鸟毛，像海浪一样，涌向雕满银饰的穹顶。身披青铜的纳西索斯——那位对着湖水、顾影自怜的美少年，一边微笑，一边举起光滑的明镜；一只紫色的水晶盘放在近旁的桌台上。

他望着教堂巨大的穹顶，气泡似的浮在黑压压的屋顶上；疲乏的哨兵踱着步子，在河边的城台来回溜达。远处的果园里，有只夜莺正在歌唱；一缕茉莉的淡香，扑窗而入。少年把棕发抹到脑后，拾起琵琶，指尖在弦间拨来拨去。这时他忽觉眼皮发沉，一股倦意突然袭来。他从未有过如此强烈的感觉，无比欢愉地感受着美的神奇与魔力。

午夜钟声敲响的时候，他摇摇铃儿，唤来侍从。他们恭恭敬敬，把玫瑰香水抹在他的手上，枕头撒满鲜嫩的花瓣。侍从走后不久，他便睡着了。

少年做了一个梦，梦见自己站在一间狭长低矮的阁楼房间里，耳边传来嗡嗡的织机声。窗篦透进缕缕阳光，隐约映出瘦弱的人影。他们弯腰驼背，扑在织架上。顶上宽大的横梁旁，站着许多小孩儿——他们个个脸色苍白。每当梭子穿过经线，他们便拉起沉重的筘齿；梭子一停，他们连忙放下，把线压实。孩子们的脸上写着饥饿，瘦干的小手微微发颤。几个憔悴的妇人坐在桌前，缝缝补补。四周恶臭弥漫，墙壁渗出水滴，又潮又湿。

少年王走近一名织工，看着他。

“看什么？”织工抬头恼火地问，“是不是主人派你来监视我们？”

“谁是你们的主人？”少年王问。

“我们的主人？”织工愤怒地大叫，“他和我们一样，只是有一点儿不一样——我们衣衫褴褛，他却穿着绫罗绸缎；我们饿着肚子，他却不愁吃喝。”

“这是自由的国度，”国王说，“你们不是谁的奴隶。”

“打仗时，弱者就是奴隶，”织工说，“太平时，穷人就是奴隶。我们干活儿是为了吃饭，可是工钱少得可怜，简直活不下去。我们整天为他们劳作，他们的仓库里堆满金银，我们的孩子却不幸夭折，亲人的脸上苦出凶相。我们踩榨出葡萄汁，酿出的美酒却由别人享用；我们播下稻谷，碗里一无所有。我们锁链加身，尽管谁也看不见；我们都是奴隶，你却说我们是自由身。”

“全都这样吗？”少年王问。

“全都这样，”织工答道，“老的，少的，男的，女的，不管是刚刚来到这个世界，还是即将离去，商人总会盘剥克扣，我们只能为其卖命。神父骑马经过，只顾数他手里的珠子，谁也不会在乎我们。贫穷瞪着饥饿的双眼，溜进阴霾的窄巷；罪恶一副冷笑的面孔，伺机而动。早上悲惨前来敲门，晚上耻辱坐在门旁。可这些与你有何相干？你又不是我们。你的脸上写满幸福。”织工骂骂咧咧，低头继续挥起木梭。少年王突然发现，原来上面穿过的是一缕金线。

少年王大吃一惊，马上问织工：“你在为谁织袍子？”

“为那新登基的少年王，”织工答道，“怎么了？”

少年王大叫一声，睁开眼睛！——原来这是自己的寝宫。他望向窗外，看见一轮蜜色的月亮挂在朦胧的夜幕上。

他再次进入梦乡，又做了一个梦：

他梦见自己躺在一艘大船的甲板上，一百名奴隶正在划桨，身旁的地毯上坐着船长。他脸似黑炭，头巾猩红，耳戴两只粗大的银环，手握象牙天平。

奴隶们赤身裸体，只有一片破布遮羞，长长的锁链将他们捆在一起。炙热的阳光烤在身上，黑皮肤的监工走来走去，皮鞭像雨点一样不停地砸下。奴隶们伸出瘦长的手臂，扳动沉重的木桨，咸咸的浪花层层飞起。

他们来到一座小海湾，测测水深。一缕微风从岸上吹来，为巨帆和甲板披上一层红红的尘埃。几个阿拉伯人骑着野驴，朝他们丢来长矛。船长拿起五色弓箭，射中一个人的咽喉，那人顿时跌入海浪。剩下的同伴见状，立刻慌忙逃窜、弃他而去。一个蒙着黄纱的女人骑着骆驼，慢慢跟在后面，不时回头望望那具尸首。

抛下锚，收起帆，监工们从舱底抬出一条缚铅的绳梯。船长把一头丢向大海，另一头绑在舷柱上。他们选出一名最小的奴隶，敲掉脚镣，在他的耳朵和鼻孔里塞满蜡，把一块大石头绑在腰间。小奴隶颤颤巍巍地爬下绳梯，没入海中，吐出一些气泡。几个好奇的奴隶，探头探脑地望着海面；赶鲨的坐在船头，一心敲鼓。

过了一些时候，小奴隶从海里露出脑袋，右手举着一颗珍珠，气喘吁吁爬上梯。监工一把夺过珍珠，把他推回水里。奴隶们累得靠在桨上，酣然入睡。

潜海的孩子一次次出水，每次都带回一颗漂亮的珍珠。船长称称重，把它们丢进小小的绿皮袋。

少年王想张口，可舌头好像粘在了嘴里，动弹不得。黑人们聒噪起来，为了一串珠子吵闹不休。船边飞来两只白鹤，绕来绕去。

小奴隶最后一次浮出海面时，手里的珍珠比满月还圆，比晨星还亮，胜过世上所有的珠子。可他的脸色却白得可怕，血从耳朵和鼻孔中流出，颤抖了一会儿便倒在甲板上。监工无奈地耸耸肩，把他丢入大海。

船长笑着伸出手去，接过珍珠。当他看清珍珠的样子，马上把它按在额头上，深鞠一躬。“就是它，”他说，“这才配得上少年王的权杖。”他朝监工们一挥手，起锚开拔。

听到这句话，国王大叫一声，睁开眼睛。他望望窗外，黎明正用灰长的手指，抓向褪色的星星。

少年王闭上眼，再次回到梦乡。

他梦见自己在一片幽暗的林中穿梭，树上结满奇花异果。毒蛇向他咝咝吐信，五彩的鹦鹉一边尖叫，一边在枝头飞来飞去。巨龟在闷热的泥里酣睡，树上挤满了猿猴孔雀。

少年王放开脚步，一直走到林外，他见那儿有一大群人，正在干涸的河中做苦力。有的像蚂蚁一样挤在山崖，有的在下面挖坑，然后跳进去；有的用大斧劈着岩石，有的在沙里四处摸寻。

仙人掌被他们连根拔起，柔嫩的红花踩在脚下。他们唤着彼此的名字，一刻也不得闲。

在一个幽暗的山洞里，死亡和贪婪悄悄地望着他们。死说：“我倦了，把他们的三分之一给我，让我走吧。”可是贪婪不答应。

“他们都是我的仆人。”她说。

于是死亡便问她："你的手里是什么？"

"三粒谷子，"她说，"怎么了？"

"给我一粒，"死亡说，"我要种在花园里。给我，我就走。"

"我什么也不会给！"贪婪说着，把手藏在袖中。

死亡笑了，从怀里取出一只小杯，浸在水里。只见疟疾跑了出来，穿过密密麻麻的人群，人们纷纷倒下——三分之一的人死掉了。冷雾跟在她的身后，水蛇缠绕左右。

见此情景，贪婪捶胸大哭。"我的仆人死了，"她说，"被你杀死了！鞑靼人正在山上开战，国王们呼唤着你的名字。阿富汗人杀掉黑牛，迈向战争。他们用长矛叩打盾牌，头戴铁盔。我这山谷有什么相干，要你来如此糟践？走吧，别再回来。"

"不，"死亡坚决地说，"你不给我谷子，我就不走。"

贪婪捏紧拳头，咬牙切齿地说道："休想！我什么也不给！"

死亡笑了，拿出一块黑石，丢进森林。热病披着鲜红的火袍，走出树丛。她在人群中走过，所碰之人，立即倒地；所过之处，不留片绿。

贪婪气得浑身发颤，拿灰抹脸。"你这魔鬼！魔鬼！"她在呐喊，“印度的城里闹着饥荒，撒马尔罕的池子早已干涸。埃及的城里饥馑肆虐，沙漠来的蝗虫铺天盖地。尼罗河的流水贫乏无力，牧师诅咒他们的神祇。到你该去的地方去，把我的仆人留下！”

“不，”死亡说，“你不给我谷子，我就不走。”

“我什么也不会给！”贪婪说。

死亡又笑了，他打了个响哨，一个女巫从天而降。她的额头上写着“瘟疫”，身边飞着一群秃鹫。她用翅膀遮住山谷，人们就全死了。

贪婪的尖叫划过森林，死亡跃上红马，踏风而去。

再看那片黏稠的谷底，面目狰狞的恶龙与蜥蜴爬了出来。成群的豺狼掠过沙地，嗅着腐臭的空气。

少年王流着泪问：“那些人是谁，他们在那里找什么？”

“在为国王的王冠找寻红宝石。”一个声音从背后响起。

少年王吓得转过身，只见一个圣徒模样的人，手里举着一面银镜答道。

少年王面无血色，颤声问道：“什么国王？”

“看看镜子，你就会知道。”圣徒说。

少年王望向镜子，里面露出自己的脸庞。他大叫一声，睁开眼睛。明媚的阳光照进窗口，鸟儿站在花园的枝头，唱着快乐的歌。

大臣率群臣前来问安，侍从们献上金丝袍，捧起王冠和权杖。

少年王看看它们，觉得十分美丽——远胜他所见过的一切。可他马上想起了昨晚的梦，便对群臣喝道："把它们拿走，我不要。"

大臣们很吃惊，有的甚至笑出了声——他们以为少年王是在开玩笑。

可他正色厉声地再次说道："把它们拿走，别让我见到。虽然今天加冕，但我绝不会碰这些。这是苦忧织成的袍子，这是鲜血染红的宝石，这些珍珠来自死神！"说完他讲起了那三个梦。

听完之后，大臣们面面相觑，交头接耳道："他准是疯了。梦是假的，不是真的。它们并不存在，又有谁会在意呢？那些下贱的苦力，死活与我们有什么干系？难道没见过播种就不能吃面包，没和种葡萄的人交流过就不能喝酒吗？"

于是大臣开口说："陛下，请您抛开这些阴郁的想法，穿上金袍，戴上王冠。假如不这样，谁又会当您是国王呢？"

少年王看着他，问："是吗？果真如此？要是没有国王的服饰，大家就认不出我是国王吗？"

“正是，陛下。”大臣说道。

“我本以为有的人生来就有帝王相，”少年王说道，“也许你说得没错。可我还是不能那么做，我进宫的时候穿什么，离宫的时候就穿什么。”

少年王吩咐群臣退下，只让一个小他一岁的侍从留在身边伺候他。沐浴完毕，少年王就打开一只锦匣，取出他在山上放羊时的行头。他穿上旧皮衣，裹上粗斗篷，拾起光秃秃的牧羊杖。

侍从诧异地睁大眼睛，笑着问：“陛下，我见您穿上了王袍，拿上了权杖，可是王冠呢？”

国王从阳台折下一段荆条，挽成一圈，戴到头上。

“在这里。”他说。

于是他便用这副打扮，走入大殿。贵族们正在殿内等候。

他们禁不住直乐，有的甚至放声大笑。“陛下，”他们说道，“大家都在等待新王，你却带来了一个乞丐。”有的甚至破口大骂道：“他让我们丢尽了脸，不配做我们的主人。”可是少年王一言不发，从他们中间径直而过，走下斑斓的石梯。他穿过铜门，跨上马，走向教堂。小侍卫跑在一旁。

人们笑着说：“看哪，国王的小丑来了。”他们取笑他。

少年拉住缰绳，说：“不，我是国王。”他把三个梦讲给他们听。

有人走出来挖苦他说：“陛下，难道您不知道，穷人以富人为生吗？正是您的奢华养育了我们，正是您的喜好给我们施舍。为厉主卖命固然痛苦，可总强过没有人让你卖命。难道让乌鸦养活我们？难道您有什么办法？难道您会对买东西的人说，‘你出这么多’，然后又对卖东西的人讲，‘你该这么卖’吗？我想不会。所以还是请您回宫，去穿您的金装吧。您和我们有何相干，和我们的痛苦又有何干？”

“贫穷不是富贵的兄弟吗？”国王问。

“不错，”那人答道，“只是那哥哥是杀弟的该隐。”

国王的眼中涌出泪水，骑马穿过躁动的人群，小侍从心里觉得害怕，离他而去了。

当他来到教堂门口，卫兵端起枪问：“你来这里干什么？这里只有国王才能进。”

“我就是国王。”他满脸怒气，说着把枪拨到一边，闯了进去。

看到那副羊皮，老主教吃惊地站起来，上前问道：“孩子，这是王袍吗？我该拿什么王冠给您加冕，把什么权杖放在您的手里呢？今天是个开心的日子，您又为何自取其辱呢？”

“快乐会披丧衣吗？”少年王说，于是他讲起了三个梦。

听完之后，主教皱皱眉说：“孩子，我已经老了，在这迟暮之年，我深知在这广大的世界里，丑陋与邪恶数不胜数。凶残的强盗下山抢掠，把幼小的孩童卖给异族；狮子静静等待商队，扑向没设防的骆驼；野猪糟蹋谷里的庄稼，狐狸乱吞山上的葡萄；海盗焚烧渔船，抢夺渔网，还把岸边的村子洗劫一空；盐沼里的麻风病人，住在草棚里，谁也不敢近身；乞丐在城里四处乞讨，与狗争食。这些您能阻止吗？您会与麻风病人同榻、与乞丐共食吗？您会让狮子听话、让野猪乖乖俯首吗？您会比创造苦难的上帝更聪明吗？您的所作所为我不赞同，盼您立刻回到宫殿，平息他们的怨气，穿上像样的王袍，然后我就会用金冠为您加冕，把珍珠权杖交付予您。至于那些荒唐的梦，请您忘掉吧。尘世间的担子太重，一人难以承担；人世间的悲愁太苦，一心难以忍受。”

“你在这里讲这些？”国王说着撇下主教，登上圣坛，站在耶稣像前。

他的双手边，摆着灿烂的金盆、圣油瓶和圣酒杯。少年王跪在耶稣像前，圣烛在镶满珠宝的神龛旁熠熠生辉，香气化作缕缕青烟，缭绕穹顶。他低头祈祷，身旁法衣笔挺的牧师纷纷退去。

外面传来一阵骚动，贵族们摇着羽冠，手提长剑，举着闪亮的钢盾大叫："那个做梦的在哪里？那个像乞丐的国王，那个使我们丢脸的年轻人在哪儿？杀了他，因为他不配做我们的主人！"

少年王继续祈祷，头也不抬。念完之后，他起身回头，怜悯地望着众人。

只见阳光涌进彩窗，上下萦绕，转眼织成了件金袍子——比宫里专为他而做的那件还要美丽。枯死的木杖开满鲜花，雪白的百合赛过珍珠；干枯的荆棘吐露芳华，玫瑰红过最美的宝石；银柄托起百合的花瓣，醉人的金叶裹向玫瑰。

少年穿着王袍站在那里，神龛突然打开，金光闪闪的圣架上射出一道神奇的光；他穿着王袍站在那里，壁龛上的圣徒微微颤动，上帝的光芒照耀四方；他穿着王袍站在那里，风琴奏出音乐，号手吹起小号，歌童开始歌唱。

人们惊恐地跪倒在地，贵族收回长剑，向他深深致敬；主教脸色煞白，两手直颤："比我伟大的人已为你加冕。"他在新王面前虔诚地跪下。

少年王走下高大的圣坛，走过人群。无人敢去探他的脸，那是一位天使。

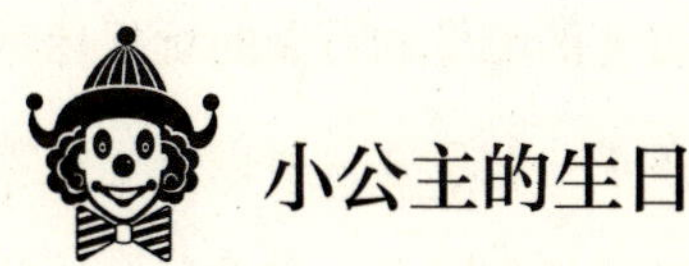

# 小公主的生日

这天是小公主的生日，她今天刚好十二岁。明媚的阳光照进宫殿的花园里。

虽然她贵为西班牙的公主，国王的女儿，可跟穷人家的孩子一样，每年生日只有一次。于是理所当然，举国上下都把它当成一件头等大事，务必要给她留下一段难忘的回忆。而那天也的确令人难忘。高耸的郁金香直直地站着，像排坚定的士兵，勇敢地望着对面的玫瑰，仿佛在向她们说道："我们不比你们差。"紫色的蝴蝶飞来飞去，翅上沾着金粉，轮流拜访每一朵花；小壁虎们钻出墙缝，享受久违的阳光；石榴晒得咧嘴直笑，露出一颗颗鲜红的牙齿。就连那旧篱笆和荒廊里淡黄色的柠檬，也像受到了太阳的恩宠，生得格外鲜美；枝头的玉兰，张开它们鼓鼓的白肚，四周飘满浓浓的香气。

在玩伴们的陪同下，小公主在露台上徜徉漫步，在长满青苔的雕像和石瓶间玩捉迷藏。平日里，她只许与地位相当的孩子一起玩耍，所以总是孤零零的。可今天例外，国王准许她邀请任何朋友一起游玩。这些瘦长的孩子走起来十分优雅，男孩儿戴着长长的羽帽，短篷飘逸；女孩儿提着长长的裙摆，用银黑色的宽扇遮挡太阳。可他们当中最优雅的，还是要数小公主——她的穿戴极为考究，极为笨重，也异常烦琐——那是当时最入时的打扮。一条灰色的缎袍，镶满银花的鼓袖和窄裙，紧致的胸衣上嵌着几排雪似的珍珠。走起路来，两只玲珑的便鞋忽隐忽现，粉红色的鞋花一摇一颤。宽大的薄扇白中透粉，金色的发梢闪闪发光，衬出一张雪白的小脸，耳畔的白玫瑰娇艳欲滴。

远处的一扇宫门前，国王正在忧郁地观望。那位令他讨厌的兄弟——来自阿拉贡的唐·彼得罗站在身后；坐在一侧的是他的忏悔师——来自南省的大判官。国王比往日更加愁闷，每当看到公主一会儿小大人似的庄重地向众臣请安，一会儿又躲在扇后，在又老又丑的公爵夫人陪同下嬉笑，他就会想起那位年轻的王后——小公主的母亲——仿佛她昨天才从法国快乐而来，却在阴郁的西班牙宫廷迅速凋零。公主降生半年之后，她便去世。她没能等到果园里的杏树再次开花，也没能在来年的时候，在那棵盘根错节的老无花果树上，摘下几颗果子——那座原本热热闹闹的庭院，如今早已杂草丛生。国王对她情深无比，不肯把她下葬，更忍受不了诀别的痛苦。他从牢房里找来一个医生（据说他因使用魔法而被判了死罪），赦他无罪，让他用香料保存王后的尸体。如今在那间黑云石的灵室里，王后仍然躺在被挂毯围起来的棺材里，她脸上的容貌，与十二年前那个起风的三月夜晚僧侣们抬进去的时候一模一样。每个月，国王都会披上黑袍，打着一只蒙布的灯笼，倒在她的身边恸哭。“王后！我的王后！”有时，他甚至不顾要求甚严、事无巨细、禁止国王过度悲伤的西班牙朝礼——极度悲痛地抓住王后苍白的手，疯狂地亲吻，试图唤醒那张冰冷的脸。

而今，他仿佛又一次见到了她，在那枫丹白露的宫殿，他十五，她更小。在法王和群臣的面前，在罗马教使的主持下，他们正式定下亲事。于是他带着她一缕小小的金发和离别时手背上的稚嫩唇印回到家乡。很快，他们就在两国边界小镇布尔戈斯举行了婚礼，然后回到京城马德里，举办盛大的结婚庆典。他们按照旧俗，在大教堂里做了弥撒，举办了一场史无前例的处决会，把近三百名包含英国人在内的异教徒绑在火刑柱活活烧死。

毫无疑问，他疯狂地爱她。许多人认为，正是这种疯狂毁了他的国家。当时的西班牙，在与英国争夺新世界霸主的战斗中一败涂地。他们两人几乎形影不离，国王把一切抛在脑后，甚至不理朝政。激情蒙蔽了他的双眼，使他没有发现，正是那些为她费尽心思的繁文缛节，加剧了她那奇怪的病症。当她死后，他曾一度失去理智。要不是怕女儿遭到他人的毒手——他那位在西班牙人民心里，素来以残忍著称的弟弟，他早已让位到修道院，当起院长来了。有人甚至怀疑，正是他的弟弟毒死了王后——当她去他家做客时，他献上了一双沾有剧毒的手套。为了悼念死去的妻子，国王下令全国上下守孝三年，即便到了后来，他也绝不许任何人提起"续弦"两个字。即便皇帝本人出马，把美丽的波西米亚郡主——他的亲侄女嫁给他，他也差人回复说："西班牙的国王已与哀愁结为连理，尽管她无法生育，却比美丽更加动人"。这句话为他带来了惨重的代价——在皇帝的煽动下，尼德兰的几个富省很快就在宗教狂热者的领导下，掀起一场叛乱。

今天，当他望着小公主在露台上玩耍时，那段往日的婚姻，那些猛烈而炽热的欢愉和戛然而止的痛苦，又一次向他袭来。她和王后一样，有着一种美丽的倔强，总是任性地扬扬头，嘴边翘起骄傲的弧线；她继承了母亲美丽的微笑，当她偶尔抬头望向这边的窗口，或是伸出小手，让贵族亲吻时，那种正宗的法国式的微笑就会浮上面庞。然而孩子们的笑声却是那么刺耳，明媚的阳光仿佛在嘲笑他的哀愁。不知是不是幻觉，掺杂着防腐香料的古怪味道，败坏了早晨清新的空气。他慢慢把脸埋进双手。公主又一次抬头看时，这边已经垂下了窗帘，国王走开了。她噘起小嘴，失望地耸耸肩膀。今天是她的生日，父亲当然应该陪她。那些愚蠢的国事有什么要紧？莫非他去了那间阴森森的灵室——里面永远点着蜡烛，别人却不许踏入半步？

他多傻啊，阳光这么明媚，大家如此高兴！而他会错过斗牛戏的！更别提木偶和其他表演了。和他相比，叔父和大判官倒是更近人情，他们来到露台，对她大加恭维。于是她扬起那张骄傲而又美丽的小脸，搭着叔父的手，慢慢走下楼梯。他们走向花园深处一顶紫绸扎起的长篷，玩伴们根据姓名长短，依次排在身后。

一列斗牛士打扮的贵族男孩儿出帐迎接，年轻的“新地”伯爵——一位英俊无比的十四岁少年，用他世袭的优雅，向她脱帽敬礼。他极为庄重地引她入帐，把她带到看台上一只金光闪闪的象牙小椅旁。女孩儿们在四周依次落座，一边摇着大扇子，一边说着悄悄话。大判官和叔父站在帐口，谈笑风生。就连那位女公爵——那位竖着黄绉领，又高又瘦、不苟言笑的女侍官，也比平时多了几分慈祥。那张沟壑纵横的脸上突然闪过一丝微笑，干瘪的唇角微微抽动。

那是一场精彩的表演。小公主觉得，它比真正的斗牛更过瘾。她曾在帕尔玛的公爵前来觐见父王时，被人领往南省观看。男孩儿们有的骑着华丽的木马到处奔跑，挥舞飘着红带的长戟；有的赤着脚，在公牛面前晃动鲜艳的斗篷，然后轻轻越过木篱，躲开攻击。那牛更是栩栩如生，尽管只是用柳条编织成的，上面包了一层牛皮，可那副用后腿狂奔的架势，真牛做梦也办不到。它斗得很不错，孩子们站了起来，挥起蕾丝手帕兴奋地大叫："加油！加油！"俨然一副大人的模样。经过一场漫长的战斗，几匹木马被公牛戳透了几个窟窿，几位骑手也被掀倒在地，年轻的伯爵制服了公牛，只等公主下令，给那头跪在地上的畜生来个了断。只见他举起手中的木剑，猛地刺向牛颈，力道迅猛，牛头应声落地。法国大使的儿子——小罗林先生笑脸露了出来。

在一片经久不息的掌声中，木马的尸体被两个穿着黄黑色制服的摩尔奴仆拖走了。短暂休息之后，一个法国来的杂技师表演了一段走钢丝，几只意大利木偶在特别搭建的小戏台上演出了一场半古典的悲剧——《索菲妮斯芭》。表演如此逼真传神，戏终落幕时，公主不禁泪眼朦胧。几个女孩儿更是放声大哭，只能用糖果来安慰。就连神色威严的大判官也深受感动，忍不住对公主的叔父说道，没想到几块木头涂上颜色、拴上细绳，竟能如此不幸，让人难过。

接下来一个非洲黑人提了一只扁口篮，篮上盖着红布巾。他把篮子放在场中间，从包头帕里拿出一支奇特的芦笛，吹了起来。渐渐地，红布动了起来，笛声越来越高，两条金绿色的眼镜蛇露出楔形的脑袋，就像两棵水草，随着音乐来回摇摆。咄咄逼人的蛇信，脖上斑点狰狞的“面具”，竟让小观众们大惊失色；直到黑人从沙地里变出一棵小小的橘树，开满白花、结满果实时，他们才露出喜悦的神情；当他把托雷斯侯爵女儿的扇子变成一只青鸟，在帐里飞来飞去、唱着歌时，他们更是喜不自禁。此外，比拉尔圣母院的男孩儿们表演的庄严的小步舞，也很迷人。每年五月，他们都会在大祭坛前为祭拜圣母而表演，但小公主却从来没有见过。的确，自从一名据说被英国女王收买了的疯教士，试图用圣饼毒害阿斯图里亚斯地区的亲王以后，再没有一位西班牙的王室成员踏入过萨拉戈萨大教堂半步。因此，这种所谓的“圣母舞”公主只听人说过，今日一看，果然很特别。男孩儿们穿着白绒布的老式宫廷服装，戴着饰以银穗、插着大鸵鸟尾的三角帽。在阳光下翩翩起舞时，那身雪白的装扮，在黝黑的脸庞和长长的黑发衬托下，显得格外光彩夺目。那徐徐的舞姿、复杂的舞步、鞠躬时的优雅与始终不变的庄严神态，无不令人陶醉。舞毕他们齐齐摘下羽帽，向公主致敬，公主也优雅地还之以礼，并且发誓，要给祭坛送一支巨大的圣烛以感谢圣母给予她的快乐。

接着，一群俊美的埃及人（当时也叫吉卜赛人）入场了。他们围成一圈，盘腿而坐，轻轻拨起手中的弦，随着曲调摇头摆脑，浅吟低唱——简直令人如痴如醉。当看见台上的唐·彼得罗，他们突然面露怒容，有的甚至一脸惊恐。就在几周之前，他们的两个同族刚被他以巫术的罪名，吊死在塞维利亚的集市上。可小公主却令他们着迷。她靠着椅背，大大的蓝眼睛躲在扇后，偷偷观看。他们见她如此美丽，想必决不会作恶，于是轻轻抚弄扁琴，用尖长的指盖撩拨丝弦。他们微微颔首，仿佛置身梦里。突然，一阵剧烈的尖叫吓了大家一跳，唐·彼得罗连忙握紧玛瑙刀把。埃及人疯狂地跳了起来，绕着场边，敲起手鼓，用他们奇特的喉音唱起热烈的情歌。只听一声号令，他们齐齐扑倒在地，纹丝不动，耳边只剩单调的琴声。反复几次之后，他们骤然离场，然后用锁链牵回一头毛茸茸的棕熊，肩上还坐着几只叟猴。棕熊煞有介事地垂头倒立，皱巴巴的叟猴和两个主人模样的吉卜赛男孩儿一起，耍着各种有趣的把戏。他们放着小火枪，舞起绣花剑，俨然国王的禁卫军，完成了一场像样的操练。演出大获成功。

可一上午最有趣的，还是那个会跳舞的小矮人。当他磕磕绊绊上场，两条短腿一瘸一拐，顶着一颗与身体极不相称的大脑袋甩来甩去的时候，孩子们顿时笑出声来。小公主更是哈哈大笑，急得那位“女侍官”连连提醒：尽管西班牙有许多公主在身份相仿的同族面前流过泪，可还没有哪位国王的女儿曾在贱民面前如此失态。但小矮人的魔力确实无法抗拒，就连素以追求古怪而闻名的西班牙宫廷，也不曾见过这么有趣的小怪物。

这也是他的首次出场。两天之前，两位贵族在城外打猎，碰巧在森林里发现了这个狂奔的小矮人。为了给公主一个惊喜，他们便立即把他带回了宫。小矮人的父亲——一位穷苦的烧炭工，正想甩掉这个又丑又没用的累赘。而最有趣的，是小矮人对自己的古怪长相全然不知，反而整天兴高采烈、无忧无虑。女孩儿们笑的时候，他也和她们一样开怀大笑；每跳完一支舞，他总是滑稽无比地面带微笑，点头哈腰，好像他也是看台上的一员，而不是上帝以玩笑的心情制造出来、供人嘲弄的怪物。至于那位小公主，早已把他迷得神魂颠倒，他目不转睛地望着她。跳完之后，公主想起上次教皇把自己最好的歌唱家——意大利最著名的男高音卡法雷利派来，用他美丽的歌喉为国王解闷时，宫里的贵妇们曾经向他抛掷花束，于是便取下头上那朵美丽的白玫瑰，半开玩笑，半为戏弄女侍官似的，带着最甜的微笑，把它丢到小矮人的脚下。没想到他竟信以为真，用粗糙的嘴唇狂吻花瓣。他一手捂住心窝，单腿跪地，小小的眼珠里火花四射，笑得直咧嘴。

这一下，公主更是笑个没完。小矮人退场了好一会儿，她才镇定下来，求叔父让他接着跳。女侍官却认为天气过热，不宜久留，马上要带公主回去。宫殿里早已备好盛宴，摆好硕大的生日蛋糕。蛋糕上用美丽的彩糖写着她名字的首字母，可爱的小旗银光闪闪，插在蛋糕顶上。公主端庄地起身，下令午觉醒来一定要见到小矮人。她对新地伯爵的盛情款待表达了谢意，在女孩儿们的簇拥下，按照来时的次序回去了。

听说又可以为公主跳舞，而且是她本人的要求，小矮人马上骄傲地跑进花园，一边狂吻着白玫瑰，一边忘乎所以，手舞足蹈。

看到自己美丽的家园里突然来了位不速之客，还在花间小径里又笑又跳，古里古怪地举起双手，在头上摇来摇去，花儿们再也无法忍受。

“他那么难看，不该和我们在一起。”郁金香嚷。

“他该喝下罂粟汁，睡上一千年！”大红百合说。她们气得脸色通红。

“他是个十足的丑八怪！”仙人掌叫道，“身子又粗又短，怪得没个人样，脑袋和腿对不上号，让人直起鸡皮疙瘩。他要敢过来，我就拿刺扎他！”

“他竟然还拿着我身上最好的花！”白玫瑰树说，“早上我亲手把它送给公主，作为生日礼物，可他竟然把它偷了。贼！贼！贼！”她扯着嗓子喊。

连平时不爱装腔作势、破落亲戚一大堆的天竺葵，也朝他厌恶地卷起花瓣；当紫罗兰温柔地表示，尽管小矮人的样子“平平无奇”，可是那也不是他的错时，马上招来了一致反对。她们认为，丑陋正是他的主要缺陷，因为一个人无能为力就去欣赏他，实在没有道理。的确，就连有些紫罗兰自己也觉得小矮人丑得确实有些张扬，要是他忧心忡忡，面带悲伤，而不是又跳又笑，做出这副古怪而又愚蠢的样子，那就顺眼多了。

至于德高望重的老日晷——据说他曾向查理五世大帝报过时辰——竟被小矮人惊得目瞪口呆，细黑瘦长的手指停了整整两分钟。“国王的儿子还当王，烧炭的儿子还烧炭——”他忍不住向在栏杆上晒太阳的白孔雀说，“这是没办法的事。”“没错，没错。”孔雀完全同意，嗓音刺耳地大叫道。一旁水池里的金鱼冒出脑袋，忙问海神石像到底怎么回事。

但不知怎的，小鸟们却喜欢小矮人。他们常在森林里见他精灵似的追着旋转的落叶，或是蹲在老橡树的洞里，把他的坚果分给松鼠。他们一点儿也不在乎他的样貌。因为就连歌声婉转的夜莺在橘子园里放声歌唱，引得月亮俯身倾听的时候，样子也并没有多么美丽。另外，他待他们很好。在那寒冷的冬天，树上没有果子，大地硬如铁石，狼群为了觅食，居然跑到城门口的时候，他也没有忘记过他们。不管早餐多么丁点儿，他也会把手里小小的面包块，掰给小鸟们吃。

他们围着他飞来飞去，翅膀轻轻滑过他的脸庞，叽叽喳喳地交谈着。小矮人忍不住把白玫瑰亮给他们看，兴奋地告诉他们，这是公主给他的礼物，因为她爱他。

他的话他们一句也不懂，可这没关系。小鸟们把头歪向一边，仿佛若有所思，这比真的明白要容易得多。

蜥蜴也很爱他，当小矮人累倒在草地休息时，他们便一拥而上，在他身上蹦来蹦去，想尽主意逗他开心。“不是人人都能跟我们媲美，”他们说，“那是强人所难。尽管听起来有些荒谬，可是只要闭上眼，别去看，他就没有那么难看。”蜥蜴像是天生的哲学家，常常在阴雨天或者无所事事的时候，蹲在地上沉思，一想就是几个钟头。

可是花儿却对他们的举动大为恼火，她们更看不惯那些小鸟。“这只能说明一个道理，”她们说，“只有俗不可耐的人，才会时时刻刻跳个不停。有教养的人士，总是待着不动，就像我们。有谁见过我们在花径上蹦蹦跳跳、在草上狂追蜻蜓吗？若是真想换个地儿，我们就去找花匠，让他把我们移到别处。这样才对，这才叫优雅。可小鸟和蜥蜴却不懂得休息，小鸟们甚至没有一个固定的地址。他们就像吉卜赛人，只会流浪，理应得到同等对待。”于是她们扬起脖子，一副不可一世的样子。看到小矮人终于爬起，跌跌撞撞走出草坪，走向宫殿里的露台时，她们个个喜笑颜开。

“该把他关上一辈子，”花儿说，“瞧瞧那驼背，还有那对罗圈腿。”她们咻咻娇笑。

小矮人对此却毫无察觉。他很爱小鸟和蜥蜴，而且觉得花儿是世界上最美好的东西——当然除了小公主。因为她给了他一朵漂亮的白玫瑰，她爱他——这有天壤之别。他多想马上回到她的身边啊！她会牵起他的手，冲他微笑，他将永远不离左右，成为她的玩伴，还要教她各种有趣的小把戏。尽管从没进过宫殿，可他知道不少有意思的事。他会用灯芯草做小提笼，让绿色的蝈蝈在里面歌唱；他会把竹管做成长笛，奏那牧神喜欢的曲子。他能听懂鸟啼，可以从树梢唤来椋鸟，从池塘和小湖边召来苍鹭。他会辨认动物们的足迹，知道野兔在哪里留下小小的脚印，哪里的树叶被野猪踩过。他还懂得大自然的舞蹈，见过秋天里漫山遍野的“红衣舞”、夏天谷地上的“青鞋舞”、冬天里的“雪花舞”、春天里的“鲜花舞”。他知道斑鸠在哪里做窝——有次小鸟的爸爸妈妈被猎人捉去，他便独自担起照顾小鸟的责任，在一棵截顶的榆树树缝里，为幼鸟造了一个小窝。他们很温顺，每天早上都从他的手心啄米吃，一定会讨公主喜欢。还有在蕨丛里窜来窜去的兔子，羽毛坚硬、嘴巴乌黑的樫鸟，卷成刺球的刺猬，头脑聪明、慢手慢脚、摇头晃脑吃嫩叶的大乌龟……对，她一定要来跟他们玩。他会让出自己的小床，整宿整宿地守在窗边，不叫长角的野畜伤害她，让饥饿的狼群远离草屋。早上他会敲敲窗板，把她叫醒，和她跳上一天的舞。森林里的生活其实并不寂寞。有时主教骑着白骡经过，捧着一本彩色的经书；有时鹰手们结伴而行，他们戴着绿色的绒帽，穿着鹿皮短衣，手上蹲着蒙头的猎鹰；酒香时节，摘葡萄的人络绎不绝，他们伸出紫色的手脚，戴上美丽的藤条花冠，扛着还在滴酒的酒袋；夜里，烧炭工们围坐在大火盆前，一边烤栗子，一边看干柴慢慢烧焦；强盗走出石洞，和他们一起玩耍。有次他还见过一支美丽的长队沿着蜿蜒的沙路，曲曲折折走向圣殿。领队的僧侣唱着婉转的歌儿，打着鲜亮的旗帜，举着金色的十字架；身披银甲、手执火枪和长矛的士兵跟在后面；其中有三个光着脚，手里举着蜡烛，身上披着奇怪的黄袍——上面都是好看的人像。森林里有的是美丽的风景。要是公主累了，他就为她找片柔软的草滩，或者干脆让她躺在自己的臂弯——虽然个子不高，可他有的是力气。他会用红莓为她做条项链，配上裙子上的白莓果，一定很漂亮。要是戴腻了，就让她把它们丢掉，他会为她做条新的。他会找些橡果，或者带着露水的银莲子——还有萤火虫！把它们放在她那浅黄色的金发上，就像满天的小星星。

可是她在哪儿呢？他问白玫瑰，白玫瑰不吭气。宫殿里就像睡着了一样，有的关着百叶窗，有的拉上厚厚的窗帘，遮挡刺眼的日光。他跑来跑去，不知从哪儿进，找来找去，终于找到一扇小小的便门。小矮人溜进门，突然来到了一条美丽的厅廊，远比森林华贵得多。这里到处金光闪闪，就连脚下也是彩色的大石板，拼成美丽对称的图形。可小公主却不在这里，只有一些乳白色的雕像在碧绿的石座上低着头，悲伤而又无神地望着他，嘴角泛起奇怪的微笑。

厅廊的尽头，挂着一张乌黑华美的天鹅绒，按照国王最喜欢的样式，绣着星星和太阳。公主是不是藏在后面？他想找找看。

小矮人悄悄过去，拉开帘布——不，原来这是另一个房间，比刚才的更漂亮。墙上挂着一幅绿色的壁毯，图上熙熙攘攘，像是打猎的情景——这是几位佛兰德斯画家整整七年的结晶。这里曾是“疯王”的卧室。他酷爱打猎，常常在错乱的时候，幻想跨上画中那些高大的马背，扬起前蹄，拖倒被狗群围攻的雄鹿，在威武的号角声中，将匕首刺向奔逃的母鹿。如今这里成了议事厅，中央的圆桌上摆着几封红色的公函，上面印有金色的国徽——郁金香，还有哈布斯堡皇族的纹章。

小矮人惊奇地四下打量，不敢继续往前走。那些沉默的骑士奔驰在长长的林荫小道，没有一点儿动静，就像烧炭人口中可怕的妖怪。他们总是昼伏夜出，遇到生人，就把他们变为雌鹿，当成猎物追捕。可他一想起那位美丽的小公主，顿时又变得勇敢。他想自个儿把她找到，让她知道他也爱她。也许她就在墙那头！

小矮人跑过柔软的阿拉伯地毯，把门打开。不！她也不在这里。屋里空荡荡的。

这是觐见室，要是国王高兴，会来这儿接见外国来宾——不过这样的事近来可不多。许多年前，英国特使曾为他们信奉天主教的女王与皇帝的长子联姻。墙上挂着镶金花的马皮帘，黑白相间的天花板上，垂着一盏金光闪闪、点着三百根蜡烛的大吊灯。下面是一顶金色的华盖，上面镶着狮子宝塔，雪白的珍珠粒粒晶莹剔透。华盖下面就是王座，罩着华贵的黑绒布，布上绣着银色的郁金香，四周垂满结穗的玉珠。王座之下，摆着小公主的脚凳，铺着一块银纱坐垫；再往下，华盖以外，是一把为教廷特使准备的专座——每逢盛大的场合，只有他能坐在国王身旁。椅前有张紫色的矮凳，凳上放着主教帽，帽上结着猩红的帽缨。王座对面的墙上，有幅真人大小的查理五世像——他身着猎装，站在猛犬身边。另一面墙上，画着腓力二世——他在接受尼德兰的进贡。两窗之间，摆着一只乌木柜，柜上镶着象牙木板，上面刻着《死亡之舞》。那些栩栩如生的形象，据说出自这部戏的作者——著名大师霍尔拜因本人之手。

但是小矮人却毫不理会这些壮观的景色。他不愿用手中的玫瑰去换来那些亮闪闪的珠穗，就算把王座给他，他也绝不丢下一片花瓣。他想在跳舞之前见见公主，等他跳完了舞，就邀请她和自己一起走。宫殿里阴森沉闷，哪像森林里的风儿无拘无束；更别提那金色的阳光用游移游荡的手指，拨开颤抖的树叶。

森林里也有花，也许没有花园里的那么漂亮，但却更香甜；早春的风信子波涛如海，把草丘和山谷染成紫青色；嫩黄的樱草团团簇簇，围在盘根错节的橡树下；还有鲜亮的白屈菜，蓝色的虎尾草，紫金色的鸢尾……榛树上挂满花白的绒絮，吊钟花沉沉地坠弯了腰，小小的“蜂房”露出斑斑点点。栗子花好似一座座星塔，山楂花比那月儿还圆。对！只要他能找到她，她就一定会去！她会随他前往美妙的森林，他会逗她开心，为她跳一整天的舞。想到这儿，小矮人的眼里露出微笑，闯进隔壁的房间。

这是一间最漂亮、最明亮的房间。墙上铺着粉红色的意大利花缎，上面点缀着小鸟和银色的花瓣；家具全是粗重的白银，上面挂着鲜红的花环和那荡荡悠悠的小爱神；两座宽敞的壁炉前，立着一面宽大的屏风，绣着美丽的鹦鹉与孔雀；地板上铺满海绿色的玛瑙，一眼望不到头。而他并不是一个人。在那昏暗的门口，他发现屋子的另一头，有个小小的人影正在打量着他。他的心里扑通乱跳，口中冒出快乐的尖叫。他走出阴影，来到日光下。那个人影也走了出来，与他一样，小矮人瞧得很清楚。

是小公主吗？不，那是一个怪物，一个最最丑陋的怪物。不像别人那样匀称，而是腿拐背驼，一颗肥大的脑袋耷拉着，满头黑色的鬃毛。小矮人厌恶地皱皱眉，怪物也皱眉；他笑，怪物也在笑，还把两手叉在腰上，和他一模一样。他朝它揶揄地鞠个躬，它也鞠个躬。他朝它走去，它也走过来，和他一起迈腿，一起停。他高兴地叫着，冲向前，伸出手；怪物也朝他伸手——一只冰冷的手。他有些害怕，把手划到一边，怪物马上也这么做。他想按一按，可是有种滑滑硬硬的怪东西挡在中间。这下怪物的脸和他的脸贴到一起，满脸惊恐。他撩开眼前的头发，它也学他；他打它，它也还手；他骂它，它朝他扮着丑陋的鬼脸；他让步，它也退后。

这是什么东西？小矮人想了一会儿，左右看看。真怪，在这扇水一样看不见的墙中，一切好像都有倒影，一样的躺椅，一样的画。就连玄关壁龛中酣睡的牧神，也有一个孪生的兄弟躺在一边；银光闪闪的维纳斯，沐浴着日光，拥向另一位美艳的维纳斯。

这是回声吗？他曾在谷中向她呼唤，她也说同样的话。难道她能像戏弄声音那样，愚弄眼睛吗？她能模仿出一个真正的世界吗？难道这些幻影也像我们一样有血有肉、会活动吗？难道——

他吃了一惊，摘下胸前美丽的白玫瑰，转身，吻它。怪物也有一朵玫瑰，一朵他那样的白玫瑰！它也像他那样亲吻它，用可怕的姿势，把它捂在心窝。

小矮人终于意识到真相，他绝望地嘶吼一声，倒在地上呜呜大哭。原来那个奇形怪状、奇丑无比的驼背不是别人，正是他自己。他就是那个怪物。他就是那个让女孩儿们开怀大笑、自以为被公主爱上的人——不，她和她们一样，只是在嘲笑他的丑陋、嘲笑他的拐脚罢了。为什么不把他留在森林，留在那个没有镜子的地方，让他永远也不知道自己有多么令人作呕呢？父亲为什么不杀了他，而是把他卖掉、让他受尽屈辱呢？滚烫的泪水滑过双颊，小矮人把玫瑰撕得粉碎。怪物也做出同样的动作，还猛地抛开惨白的花瓣。它卑微地趴在地上，当他看它时，它也痛苦地望着他。他躲开，不想见它，用手捂住眼睛，像只受了伤的动物，扭到阴影里，躺在那里呻吟。

就在这时，公主和她的玩伴们从落地窗里走了进来。她们瞧见丑陋的小矮人趴在地上，紧捏双拳，用极为夸张有趣的样子猛捶地面，不由得哈哈大笑，把他围住。

“他的舞蹈很滑稽，”小公主说，“可他演得更滑稽。他跟那些木偶演得几乎一样好，只是不够自然。”说着她摇起宽扇，拍拍手。

可小矮人却没有抬头，他的抽泣越来越轻……突然，他奇怪地大口喘着粗气，两手乱抓一通，然后倒在地上，再也不动了。

“好极了！”小公主说，“可你该给我跳舞了。”

“对，”孩子们跟着嚷道，“赶快起来跳，你跟叟猴一样机灵，可是滑稽多了。”小矮人没有回答。

公主跺跺脚，喊她的叔父——他正和宰相在露台散步，读着几封墨西哥的来信——一所新的宗裁所，刚刚在那儿成立。“我可爱的小矮怪不动了，”她嚷，“快叫他起来，让他给我跳舞。”

他和宰相相视一笑，走近侄女。唐·彼得罗俯下身，用绣花手套在小矮人的脸上拍了拍，说：“起来呀，丑八怪，快去跳舞啊。西班牙和西印度的公主等着欣赏哪。”

可小矮人一动也不动。

“看来他想尝尝鞭子的滋味。”唐·彼得罗厌倦地说着，回到露台。宰相面色凝重，跪在小矮人的身边，把手放在他的心窝。不久之后，宰相摇摇头，起身向公主深深鞠了一躬，说：“美丽的公主，您的小矮怪再也不能跳舞了。真可惜，他生得这么丑，也许会让陛下开心的。”

“可他为什么不能再跳了？”公主笑着问。

“他的心碎了。”宰相答道。

公主蹙蹙眉头，噘起两瓣玫瑰似的小嘴，说道：“往后陪我玩的，都得没有心才成。”说完她便扭头跑向花园。

# 渔夫和他的灵魂

每天傍晚，年轻的渔夫来到海边，把网撒向大海。

陆上来风的时候，渔夫总是打不到鱼，最多也就寥寥几条；狂风像是插了黑翅，掀起阵阵巨浪；风从海上吹来时，鱼儿从水底浮出，游进网，他便把它们拿去集市上卖。

年复一年，日复一日。有天渔网沉得可怕，很难拖上船。渔夫对自己笑笑说："我准是一网打尽了海里所有的鱼虾，要么就是头可怕而又阴沉的海怪，要么就是女王梦寐以求的怪东西。"说完他便拉起粗绳，使出浑身的力气，手臂青筋毕露，就像釉着蓝纹的铜瓶；他又拖起细绳，一圈扁木漂游了过来，渔网终于冒出水面。

可是网里既没鱼，也没有海怪和怪东西，只有一条正在酣睡的小人鱼。

她的头发像湿答答的金羊毛，每根头发却像玻璃杯中的金丝；她的身子白如象牙，尾巴似那珠银，绿油油的海草绕在上边；她的耳朵像那贝壳，嘴唇像那赤红的珊瑚。冷水冲刷着她的胸脯，眼帘上的海盐闪闪发光。

她是那么美，渔夫惊奇地望着，一把拉过渔网，把她抱进怀里。指尖刚刚碰到，人鱼就发出一声海鸥似的惊叫，醒了过来。她用紫晶般的眼睛惊恐地望着渔夫，奋力逃脱。可是渔夫紧紧抱着，始终不肯松手。

看到无法脱身，人鱼只好哭着哀求："求求你，放了我吧。我是海王唯一的女儿，我的父亲又老又孤独。"

谁知渔夫却说："想让我放了你，除非答应我一件事。无论我什么时候来找你，你都要上岸为我歌唱。因为鱼儿喜欢你的歌声，我一定会满载而归。"

"若是答应，你就放我走吗？"人鱼问。

"不错，一言为定。"渔夫答道。

人鱼顺了他的意，以海的名义起誓。渔夫松开手，人鱼颤抖着，怀着莫名的惊恐，沉入海底。

每天傍晚，渔夫都会来到海边，唤来人鱼，听她唱歌。海鸥在她头上盘旋，海豚在她身边翩翩起舞。

她唱着奇妙的歌曲。她唱那人鱼背着牛犊、赶着羊群，来回穿梭于石洞间；半人半鱼的特里同，留着长长的绿胡须，露着毛茸茸的胸膛，吹着螺号，迎接海王；海宫皆为琥珀，翡翠满檐，珍珠满地；海中有座花园，镶满金丝的珊瑚大扇摇来摆去，日夜不歇；鱼群宛若银鸟，穿梭不停；海葵爬上岩石，石竹在沙丘上吐露粉芽。她唱到那巨鲸来自北海，尖利的冰锥挂在鱼尾；海妖讲着动人的故事，船客只得堵住耳朵，免得失魂落魄跳入海中；沉船桅杆耸立，冻僵的水手抱紧索具，鲭鱼在打开的舱门间游来游去；小小的藤壶吸着龙骨，走遍世界，俨然是群了不起的旅行家；崖边的乌贼伸着长臂，随时可以降下黑夜。她唱那航行着的鹦鹉螺，张着绸帆，像颗玲珑的猫眼石；快乐的人鱼弹着竖琴，将庞大的海怪催眠；小孩儿们抓紧光滑的背鳍，骑着海豚嬉戏；美人鱼躺在洁白的泡沫中，向船员伸出双臂；海狮咬着弯弯的长牙，海马的颈鬃徐徐飘动。

随着她的歌声，金枪鱼们从深海浮上来，听她歌唱，渔夫举起鱼叉，撒开渔网，把它们捉住。看到鱼儿满舱，人鱼便冲他莞尔一笑，跳进海里。

可她从来不敢靠近渔夫，害怕渔夫碰到她。渔夫对她百般哀求，可她始终不肯答应。若是渔夫伸手，她便像海豹一般钻进水里，这一整天再也不上来。一天又一天，渔夫觉得她的歌声越来越甜美，甜美得让他忘了收网，忘了手上的活计。鱼鳍鲜红、眼泡金黄的金枪鱼成群地游过，可他毫不在意。鱼叉被他丢在一边，柳编的鱼篮里面空空的。他张着嘴，眯着眼，听啊，听啊，直到海雾团团围绕，月光染白古铜色的腿臂。

一天傍晚，渔夫朝她喊道："小人鱼啊小人鱼，我爱你。让我做你的新郎吧，我爱你啊！"

人鱼摇摇头。"你是人，人有灵魂，"她说，"只有把它赶走，我才能爱你。"

于是渔夫想："我要灵魂有什么用呢？看不着，摸不到，与它不相识。我当然乐意把它丢掉，我正求之不得呢。"他的口中迸出狂喜，从漆过的木舟上站起，向她伸出双臂。"我愿把它赶走，"渔夫说，"你将成为我的新娘，我是你的新郎。我们一起去住在海底，我要见识见识你那歌中所唱的景象，我会俯首听令，至死不渝。"

人鱼把脸埋进双手，哧哧娇笑。

"可我怎么才能把它赶走呢？"渔夫大声问，"如果你能告诉我，我就一定照办。"

"唉！我也不知道，"人鱼说道，"我们没有灵魂。"说完她便沉入深水，满眼伤感地望着他。

第二天清早，太阳刚升过山头一拃高，渔夫就来到牧师房前，敲了三下门。

门徒从门洞往外一望，见他来了，便把门闩拨开，请他进来。

渔夫穿过门，跪在香甜的灯芯草上，对那读经的牧师说道："神父，我爱上了一位海里的人鱼，可是灵魂作祟，使我不能随心所欲。请您告诉我，怎么才能把它丢掉，它对我实在是个累赘。灵魂到底有什么用呢？看不着，摸不到，与他不相识。"

"啊呀，啊呀，你疯了！"牧师捶胸顿足，"难不成吃了毒药啦？灵魂是我们最宝贵的东西，那是上帝的礼物，我们应该格外珍惜。它比一切都宝贵，什么也无法与它相提并论。它能媲美全世界的黄金，远胜国王的异宝奇珍。把它忘了吧，孩子，把它忘了，否则你将罪孽深重，不可饶恕。至于那些人鱼，他们都是迷途的羔羊，与他们为伍，只会落得相同的下场。他们就像善恶不分的野畜，上帝并非为他们而死！"

听完牧师的苦劝，渔夫满眼是泪，起身说道："神父啊，森林里的牧神满脸欢笑，人鱼坐在礁石上弹着金色的竖琴，他们的日子像花一样甜，求您让我过上那样的生活。至于那灵魂，除了阻挡我的爱，对我又有什么用呢？"

"肉体之爱是淫邪的！"牧师拧紧眉头说道，"正是因为他们，上帝才会在人间备受煎熬。那些该死的牧神！那些该死的海妖！他们曾在夜里歌唱，让我鬼迷心窍，他们敲打窗子，放声狞笑。他们在我耳中低语，大谈他们的放荡与无耻。他们引诱我，嘲笑我的虔诚。他们早已无可救药，无可救药！他们不信有天堂地狱，从不赞美上帝。”

“神父啊，”渔夫叫道，“您的话不对。我曾用渔网捕捉到过海王的女儿。她比银月更白，比晨星更美。我愿为她舍弃灵魂，为爱放弃天堂。求您告诉我怎么做，让我心情平静地离开吧。”

“滚吧！滚吧！”牧师咒骂道，“去找你那迷途的情人，与她一起堕落吧！”

渔夫没得到任何祝福，却被赶了出来。

他只好低着脑袋，满脸愁闷，慢慢向集市走去。

商人见他来了，顿时窃窃私语。一个上前叫住他问：“你要卖什么？”

“我要卖我的灵魂，”渔夫说，“求您把它买下吧，我受够了。灵魂到底有什么用呢？看不着，摸不到，与它不相识。”

谁知商人嘲笑说：“那它对我们又有什么用呢？灵魂不值半文钱。把你的身子卖给我们当奴隶，我们倒是能给你穿上绫罗，戴上戒指，伺候伟大的女王。别再提那可笑的灵魂，它对我们毫无用处，一文不值。”

渔夫听完不免惊诧：“真是怪事！牧师说灵魂比得上全世界的金子，商人却说它一文不值。”他悻悻地离开集市，来到海边，不知如何是好。

到了中午，他忽然想起有位捞海草的伙计曾经说过，有位法力高强的小女巫住在湾头的洞里。他起身快跑，奔向海边，急于摆脱灵魂，脚下扬起阵阵烟尘。女巫觉得掌心发痒，知道渔夫要来，于是笑着散开红发。她长发垂绕，站在洞口，手里拿着一朵野芹花。

“你要什么哟？你要什么？”看到渔夫气喘吁吁爬上陡坡，对她鞠躬，女巫大声问，“是要逆风时也能鱼儿满网吗？我有一支小小的芦笛，只要一吹，鲻鱼就会游进海湾。可那有代价哟，妙人儿，有代价哟。你要什么哟？你要什么？是要那大船卷入风暴、成箱的宝贝冲上岸吗？我的风暴比风更猛，我的主人比风强大，只要一把筛子一瓢水，我就能将舰队葬身海底。可那有代价哟，妙人儿，有代价哟。你要什么哟？你要什么？谷里有朵小花哟，只有我知道哟。它有紫色的叶子、乳白的汁液，花心有颗星哟。用它碰碰女王高傲的唇，她就会与你浪迹天涯。她会离开国王的龙榻，随你走遍世界。可那有代价哟，妙人儿，有代价哟。你要什么哟？你要什么？我能把蟾蜍在钵中捣碎，熬成汤药，用死人的枯手将它搅拌。再把它泼向酣睡的敌人，就能把他变成恶毒的黑蛇，让他死在亲生母亲的手下。我能用轮子从天上拉下月亮，用水晶让你见到死神。你要什么哟？你要什么？说出你的愿望，我就帮你实现。可你必须付出代价哟，妙人儿，必须付出代价哟。”

“我所要的只是一件小事，”渔夫说道，“可是神父却勃然大怒，赶我出来；这件小事不足挂齿，可是商人却嘲笑我、拒绝我。所以我便来找你，尽管他们叫你魔鬼。不管付出多少代价，我都答应。”

“你要什么哟？”女巫一边问，一边向他走近。

“我要赶走我的灵魂。”渔夫答。

女巫听了浑身颤抖，脸色苍白，把头缩进蓝色的斗篷。“妙人儿哟，妙人儿，”她的嘴里咕咕哝哝，“那可是桩可怕的事哟。”

渔夫甩甩棕色的卷发，笑道：“我要灵魂有什么用呢？看不着，摸不到，与它不相识。”

“倘若告诉你，你能给我什么好处？”女巫用那美丽的眸子盯着他问。

“五块金币，”他说，“还有我的渔网、我的柳条屋、我那漆过的木舟。只要能让我摆脱灵魂，我愿献出一切。”

女巫举起野芹，讥诮地轻轻抽打他，说：“倘若我愿意，我能把月光纺成银丝，也能把秋叶变成金。我的主人比所有国王加起来还要富有，他们都是他的臣仆。”

“假如你要的不是金银，那我能给你什么呢？”渔夫问。

女巫伸出细白的手，抚弄渔夫的棕发，说道：“我要你陪我跳舞，妙人儿。”女巫呢喃微笑。

“就这么简单？”渔夫惊奇地站起来。

“就这么简单。”女巫又笑笑说。

“那等太阳落山，我们到一个隐蔽的地方跳舞去，”渔夫说，“一跳完，你就要满足我的心愿。”

“待到月圆哟，待到月圆。”女巫轻声摇头，咕哝着。然后竖起耳朵，四处张望。一只青鸟啾啾离巢，围着沙丘飞来飞去；三只花雀窸窸窣窣，在粗灰的野草间彼此轻唤。周围一片寂静，只有崖下的海浪不停拍打着圆润的卵石。女巫伸出手把他拉到身边，两瓣干唇凑向他的耳旁。

“晚上记得来山顶哟。今天是安息日，‘他’会来的。”

看到渔夫惊奇的表情，女巫笑着，露出两排洁白的牙齿。

“‘他’是谁？”渔夫问。

她回答：“不必问哟，今晚站在角树下等我，我会来哟。

若你见到一条黑狗，就用柳条打它，把它赶走；若是有只猫头鹰问你，千万别回答。月圆之时我就来，我们一起在草地跳舞。”

“那你就会告诉我，怎样丢掉灵魂吗？你肯发誓吗？”渔夫问。

“我拿羊蹄起誓。”女巫走向阳光，绯红的长发荡漾在风中。

“你真好，”渔夫喊，“今晚我一定会来山顶，跟你跳舞，就算给你金银我也乐意。如果你要的就是这样的代价，那我给你便是。”于是渔夫摘了帽，向她深深鞠了一躬，兴高采烈地跑回城里。

女巫目送他的背影，等到再也看不见了，才回到洞里。她从镂花木匣里取出一面镜子，放在架子上，在镜前拢起一堆炭火，烧起马鞭草，然后透过缭绕的青烟窥视镜子。不多久，她便捏紧拳头嗔怒说：“我明明跟她一样美，他是我的。”

那天夜里，月亮升起的时候，渔夫爬上山顶，在角树下等着。大海躺在他的脚下，就像一面光滑的圆盾，渔船的倒影在小小的海湾里轻轻摇曳。一只眼似硫黄的猫头鹰唤着他的名字，可他默不作声；一条黑狗跑来冲他乱吠，渔夫举起柳条打它，黑狗落荒而逃。

午夜时分，一群女巫从远方飞来，仿佛黑夜里的蝙蝠。“呀！”她们叫着，脚尖轻轻点地，“这里有生人呀！”大家东闻闻，西嗅嗅，比画来比画去，嘴里叽叽喳喳。最后到场的正是那位年轻的女巫。她飘着长长的红发，穿了一件绣着孔雀瞳的金丝裙，头上还戴了一顶绿色的绒帽。

“‘他’在哪儿哟？‘他’在哪儿哟？”见她一来，大家齐声尖叫。可她只是笑笑，跑到角树下，一把抓过渔夫的手，领他走到月光下起舞。

他们转啊，转啊，女巫高高跃起，露出一双绯红的鞋跟。突然，一阵疾驰的马蹄声划过人群，但却不见马蹄，渔夫有些害怕。

“快，快跳！”女巫搂住他的脖颈儿，嘴中吐着热气，“快！再快！”随着她的催促，渔夫觉得大地好像正在旋转，令人头晕目眩。他突然感到一阵惊恐，好像有些邪恶的东西正在看他。渔夫终于看清，在那岩石的阴影里，突然出现了一个人影。

那人穿着黑丝绒袍，一副西班牙的贵族派头。他面无血色，嘴唇却像傲慢的红花一样娇艳。他看起来好像有些疲倦，靠着岩石，无精打采地玩着短剑。一旁的草地上放着一顶羽帽和一副镶金的、上面用珍珠绣着奇怪图案的骑马手套。他的肩上披着一件黑貂皮短斗篷，雪白的手指戴满珠宝，眼皮耷拉着。

渔夫怔怔地望着他，仿佛着了魔。他们的眼神碰到一起，无论渔夫在哪里跳舞，总能感觉到那目光。渔夫听到女巫在笑，他便搂紧她的腰，疯狂地转个不停。

突然，林中传来犬吠，跳舞的人纷纷停住脚步，两两跪地，亲吻那人的手背。这时，那人骄傲的嘴角扬起一抹微笑，仿佛鸟儿的翅膀轻点水面时荡起的涟漪。他的眼神充满不屑，不停瞟向渔夫。

“走哟，我们去致敬哟！”女巫轻声耳语，拉起渔夫就走。不知怎的，渔夫感到身后仿佛涌起一股巨大的力量，推他跟着女巫向前。渔夫走近时，稀里糊涂地在胸口画着十字，还唤出那个神圣的名字。

说时迟，那时快，女巫们顿时像秃鹫一样尖叫，四散而逃，那人煞白的脸上突然拧起一阵疼痛。他转身走向小树林，吹声口哨，跑来一匹戴着银辔头的西班牙小马。他纵身一跃，跳上马背，转身忧愁地望着渔夫。

红发的女巫也想飞走，可渔夫却把她一把抓住，捏紧她的手腕。

“放开我，让我走吧！”女巫拼命喊，“你说了那个不该说的名字，做了我们不该看的手势。”

“不！”渔夫说道，“你不告诉我那个秘密，我就不松手。”

“什么秘密？”女巫像野猫一样疯狂挣扎，嘴唇上染着白沫。

“你知道。”他回答。

泪水模糊了女巫草绿色的眼眸，她对渔夫说：“你问什么都可以，除了这个！”

渔夫笑笑，把她抓得更紧了。

看到无法脱身，女巫只好轻轻说：“我跟人鱼一样美，不比她们差。”说着她便凑过脸去，朝他献媚。

渔夫厌恶地把她推开，说道：“倘若违背誓言，那你就是骗人的女巫。我要你的命！”

“好吧，”女巫听了面如土灰，颤抖着声音说：“反正那是你的灵魂，不是我的。随你高兴吧。”她从腰里掏出一把绿鳞柄的小刀，交给渔夫。

“这有什么用？”渔夫问。

女巫沉思片刻，脸上涌起惊惧。她拢拢额前的头发，对他古怪地笑道：“你们所谓的人影，其实并非人影，而是灵魂的身体哟。站在海边，背朝月亮，把你的影子从脚边割下，那便是你的灵魂哟。你要它走，它便走。”

“此话当真？”渔夫小声颤抖。

“当真，可我宁愿你不知。”女巫抱住他的双腿，失声痛哭。

渔夫一把推开女巫，把她留在荒草中，然后只身来到悬崖，把刀塞进腰带，爬下石崖。

可他的灵魂却说：“唉！你我相伴多年，互为主仆。如今却要将我赶走，是我犯了什么错吗？”

“并无过错，”渔夫笑笑说，“只是留你无用罢了。天大地大，上有天堂，下有地狱，中间还有那间昏暗的小屋。只要别来烦我，你去哪里都可以。我的爱人在召唤我。”

灵魂苦苦哀求，可是渔夫毫不留情。他一步一步跳下石崖，脚步轻快得像只山羊。渔夫终于踏上陆地，来到海边的黄色沙滩。

他有着古铜色的四肢、健美的躯干，俨然一尊希腊人的雕像。他站在沙滩上，背对银月，浪花伸出洁白的手臂，向他召唤；海浪浮起朦胧的黑影，向他致敬。面前横着他的影子——他的灵魂之身，背后一轮明月挂在蜜色的天空。

“倘若你一定要我走，”灵魂说，“给我一颗心吧，世间如此残酷，请把心给我。”

“若把心给你，我又怎么爱我所爱呢？”渔夫笑着摇摇头。

“请你发发慈悲吧，”灵魂央求道，“把心给我吧。世间如此残酷，我怕呀。”

“我的心属于我的爱。别再拖沓，走吧！”

“难道我就没有爱吗？”灵魂问。

“走吧，你对我已经没用了！”渔夫叫道，拔出小刀，握住绿鳞柄，把他的影子从脚边割下。影子站了起来，站在渔夫面前，他们四目相对，简直一模一样。

渔夫吓得倒退几步，把刀插进腰带，心中涌起一股恐惧，喊道：“快走！别让我再见到你。”

“不，我们注定会再会。”灵魂咬紧嘴唇，声音像芦笛一样低沉。

“我们怎么会再见面？”渔夫诧异地问，“难道你要随我下海？”

“每年我都会重回此地，唤你的名字，”灵魂说，“也许我能派上用场。”

“能有什么用场呢？”渔夫问，“无妨，随你去吧。”说完他便一头扎下海底。特里同们吹响螺号，人鱼公主前来迎接，搂住他的肩膀，与他亲吻。

灵魂留在岸边，孤零零地望着海面。直到他们沉入海底，它才哭哭啼啼，走向沼泽。

一年之后，灵魂来到海边，唤那年轻的渔夫。

“叫我做什么？”渔夫从深海浮上来问。

“靠近一些，我好同你讲话。因为我经历了许多奇遇。”

渔夫上前蹲在水滩，托着腮，歪起脑袋听。

“与你分开后，我便向东去，”灵魂侃侃而谈，“那里是智慧所在。我走了六天，第七天的早上，我来到了一座鞑靼人的山下。我在一棵红柳树下盘坐，暂时避避日头，因为那里气候炎热，土地十分干涸。人们在路上走来走去，就像一只只苍蝇，爬在溜光的铜盘上。

“过了中午，远处扬起一团红烟。鞑靼人见了，立刻拉起彩弓，跨上矮马，疾驰而上。女人惊叫着逃上马车，躲进毡帘后。

“黄昏时分，鞑靼人骑马而归。只是少了五个人，剩下的几乎个个挂伤。他们匆匆套马，驱车而去。三只胡狼从洞里出来，望着他们的背影。它们嗅嗅鼻子，转身跑开。

“月亮升起的时候，我见远处点着篝火，便走过去。许多商人围着烤火，坐在地毯上。骆驼拴在他们身后，黑奴们搭着鞣皮帐，围起高高的刺梨墙。

“当我走近时，他们的头领突然站起，拔刀向我盘问。

“我说我是外国的王子，刚刚逃离鞑靼人的魔掌，险些沦为奴隶。头领听了微微一笑，指指身后，竹尖上插着五颗头颅。

“他又问我上帝的先知是谁，我回答说是穆罕默德。

“听到那个伪神的名字，他朝我鞠了一躬，然后抓起我的手臂，把我拉到身边。一个黑奴用木盘端来一些马奶、一块新鲜的烤羊肉。

“黎明破晓时，我们起身上路。我骑着一峰红毛骆驼，与那头领并驾齐驱。探子跑在前面，扛着长矛；士兵分列两侧，驮货的骡队紧随其后。队伍里共有四十峰骆驼，骡子还要多一倍。

“我们离开鞑靼人的国土，来到咒月者的领地。我们见过狮鹫在白岩上看守金子，巨龙在它们的洞里沉睡。过雪山的时候，我们屏住呼吸，生怕积雪落下，每个人的脸上都蒙着面纱。我们穿过矮人的山谷，他们躲在树洞，朝我们射箭；夜里，野人又出来对我们敲鼓。路过猿塔时，我们恭敬地献上水果，免得它们动武。路过蛇塔时，我们用铜碗装满热腾腾的牛奶，以免它们刁难。我们三次经过乌浒河岸，乘着木筏，撑开兽皮，一起渡河。河马杀气腾腾，想把我们吞掉，骆驼吓得直打哆嗦。

“一路上，国王无不向我们征税，却不许我们入城半步。他们从墙头丢出面包、蜜糖烤的小麦饼，还有精面的椰枣蛋糕。每丢一百篮，就从我们手里换一颗琥珀珠。

“村民见我们来，纷纷在井水里投毒，逃向山顶。我们同马加代人开战，他们生下来时都是老人，却越活越年轻，死的时候都是婴儿；我们同拉克卓人交手，他们自称为老虎的子孙，身上涂着黑黄色的条纹；我们同奥兰特人开战，他们把死人葬在树顶，住在幽暗的洞里，生怕太阳把他们烧死；我们同克里安人交手，他们供奉鳄鱼，给它戴上翠珠耳环，喂它活鸡跟黄油；我们打过阿桑拜人，他们长着狗脸；我们打过希班斯人，他们长着脚蹄，跑起来比骏马还快。我们战死了三分之一，饿死了三分之一，活下来的怨声载道。他们说一切都是因我而起，是我给他们招来了噩运。我掀开石头捉起一条角蝰，让它蜇。见我毫发未损，他们害怕了。

“走了四个月，我们来到了伊勒尔。走到城外树林的时候，已是夜里。空气十分闷热，月亮正在天蝎宫里做客。我们摘下熟透的石榴，掰开红瓤，吮吸甘甜的果汁，然后躺在毡毯上，等待黎明的到来。

“天光微亮，我们起身敲打城门。门由红铜铸成，上面雕着蛟龙和飞龙。守卫从城垛往下望，询问我们的来意。队里的翻译说，我们是来自叙利亚的商队，货物琳琅满目。他们带走了几名人质，约好中午放行，要我们等着。

“中午一到，他们果然大开城门。我们进城，人们纷纷跑出来围看。有人吹着螺号在街上跑，宣告这个消息。我们来到集市，黑奴们解开花布包，打开镂花木箱。办妥以后，商人们争相摆出稀奇的货物——埃及的蜡麻，埃塞俄比亚的彩麻；西顿港的蓝幔，提尔城的紫绵；还有冰凉的琥珀杯，精美的玻璃器，奇异的陶器……一群女人站在屋顶望着我们，有人戴着金花假面。

“第一天，僧侣跑来和我们交易，第二天是贵族，第三天是匠人和奴仆。这是此地的风俗，向来如此。

“我们逗留了一个月。一天晚上，月牙挂在天上，我在街上四处闲逛，无意中走进神的庭院。僧侣们穿着黄袈裟，默默地穿行于绿树间；黑云石铺的路上，立着一座绯色的神庙。门上银光闪烁，镶着金色的公牛、孔雀，屋顶叠满海绿色的瓷瓦，檐上系着小铃铛。白鸽飞过，响起一阵叮咚声。

“庙前有池清水，池底铺着花玛瑙。我在池边躺下，用苍白的手指摸摸水中宽大的绿叶。一位僧侣走来，站在我身后。他穿着一双罗马鞋，一只编着柔软的蛇皮，一只编着鸟儿的羽毛；头上有顶黑毡帽，缀着银白的新月；袍上绣着七道黄纹，卷发上抹着银粉。

“过了一会儿，僧侣向我问话，问我有何事。

“我说我想拜拜神。

“‘神在打猎。’他转着一双眼珠，望着我说。

“‘那他在哪个林子，我要与他一同骑马。’我回答。

“‘神在睡觉。’他伸出又长又尖的指甲，捋捋袍边。

“‘那他在哪张床，我要守护他。’

“‘神在用膳。’僧侣不耐烦地说道。

“‘倘若酒是甜的，我愿与他同醉；若是苦的，我也甘愿。’

“僧侣惊讶地低下头，拉我起来，领我走进神庙。

“走进第一道门，我见在那珠满玉圆的宝座上，坐着一尊像。像有常人大小，乌木雕成，额前有枚红宝石，腿上滴着厚厚的头油。它的脚上沾满新屠的羊羔的鲜血；它的腰间缠着铜带，嵌着七颗绿玉。

“‘这是神吗？’我问僧侣。‘正是。’他回答道。

“‘带我去见神，’我向他喝道，‘否则便要你的命。’我摸他的手，它们立刻变得瘪如枯草。

“‘请您饶了我吧！’僧侣恳求道，‘我就带您去！’

“我在他的手上吹了一口气，枯手立刻恢复原样。僧侣哆哆嗦嗦，领我走进第二道门，只见那堆满翡翠的莲座上，立着一尊像。像比常人高一倍，象牙雕成。额头有颗橄榄石，胸前涂着没药香料，一手举着弯玉杖，一手托着水晶球。它脚上蹬着黄铜靴，粗壮的脖颈围着一条月石项圈。

“‘这是神吗？’我问僧侣。‘正是。’他回答。

“‘带我去见神！’我怒叫，‘否则我就宰了你。’我摸他的双眼，它们立刻瞎了。

“‘请您饶了我吧！’僧侣哀求道，‘我就带您去。’

“我冲他的眼上吹了口气，它们便重见光明。僧侣便又哆嗦起来，领我走进第三道门。那里也有一尊像，说是像，可又不是像，只有一面铁打的圆镜，立在石座上。

“‘神在哪里？’我问僧侣。

“‘如您所见，’僧侣答道，‘这里没有神，只有一面镜子。这是一面智慧镜。它上知天文下知地理，能映出万物，却唯独不能映出照镜人的脸。正因如此，用它之人必有慧根。世上的镜子有千千万，可是它们只会评判，只有它才有智慧。谁若有了这面镜子，就会变得无所不知，什么事都瞒不过他。若是没有它，也就没有智慧。所以它便是我们的神，我们崇拜它。’我往镜里看，果然与他说的一样。

“后来我做了一件事，可那无所谓。我把宝镜藏进一个山洞，离这只有一天的路程。请你让我回到你身上，继续服侍你，你将会成为智者中的智者，掌握所有奥秘。只要答应我，你的智慧就无人可敌。”

“爱比智慧好，”渔夫听了只是一笑，“小人鱼爱我。”

“不，什么也没有智慧好。”灵魂说。

“除了爱。”渔夫说完扎进海里。灵魂哭哭啼啼，走向沼泽。

又是一年之后，灵魂回到海边，唤那年轻的渔夫。

“叫我做什么？”渔夫从深海浮上来问。

灵魂答道：“靠近一些，我好同你讲话。我又经历了许多奇遇。”

渔夫上前蹲在水滩，托着腮，歪起脑袋听。

“与你分开后，我便向南去，”灵魂娓娓道来，“那里是财富之地。我朝埃希特城的方向，沿路走了六天——这是一条朝圣之路，路上铺满红沙。第七天早上，我睁眼一看，脚下有条山谷，埃希特城就在那里。

“城前共有九座门，每座门前都有一匹青铜骏马。贝都因人下山的时候，它们便会一齐嘶吼。城墙裹着铜皮，瞭望塔上飞着铜檐。每座塔里都站着一名弓手，手持弯弓。每当太阳升起，他便开弓射向铜锣；太阳西下，他便吹起号角。

“我想进城去，守卫却上前将我拦下，盘问我的身份。我说我是伊斯兰的僧侣，要去圣城麦加。那里有张天使的绿纱，纱上用银字绣着《古兰经》。他们听了大为惊讶，请我快进。

“城里像个大集市。你真应该与我同去。狭窄的街巷挂满纸灯，就像彩蝶飘飘。每当有风吹过屋顶，它们便起起伏伏，就像一只只斑斓的彩泡。货摊前面铺着丝毯，毯上坐着摊主。他们的胡子又黑又硬，头巾缀满金币，琥珀串和花核桃在冰凉的指尖穿来穿去。他们有的在卖香脂，卖印度岛上奇特的香水；有的在卖香精、没药，还有小钉子似的丁香。倘若有人问价，他们便捏撮乳香丢进炭盆，顿时香气袭人。有个叙利亚人，拿着一根细长的芦苇，一头嗞嗞冒着青烟，好像春天的粉杏花。有的在卖镶着光滑的青绿石的银手镯，还有脚踝上铜丝穿成的珍珠环；有的在卖镶了金座的虎爪豹爪，穿了眼的翡翠耳环，还有空心的玉扳指。茶馆里传来六弦琴的声音，瘾君子们带着苍白的笑容，抽着鸦片，望着来往的行人。

“你真该同我一起去。卖酒的扛着大皮篓，胳膊肘儿在人群里开路。里面多是葡萄酒，味道像蜜一样甜。他们把酒倒进一只小杯，撒上几片玫瑰花。卖水果的站在摊前，卖着各色的果子：无花果儿熟得发紫，金黄的蜜瓜赛过麝香，还有香橼、红果、白提子，金红的柑橘圆圆滚滚，椭圆的柠檬闪着金绿。有次我见到一头大象，涂着朱砂，抹着姜黄，耳朵套着深红的网纱。它在一个摊前停下吃起橘子，摊主二话没说，只是乐。他们真是群奇怪的人。开心的时候，跑去买一只鸟，为了更高兴，便把鸟笼打开，放它自由；不开心的时候，他们又会用荆棘抽打自己，不让苦闷溜走。

“一天傍晚，街上来了几个黑奴，抬着一顶沉甸甸的大轿。那是一顶镏金的竹轿，轿杆漆着红，镶着铜孔雀。窗口挂着薄薄的纱帘，帘上绣着甲虫翅膀，缀着细小的珍珠。他们与我擦肩而过，轿里有个蜡白的高加索女人冲我微笑。于是我便默默跟上。黑奴皱起眉头，加快步子，而我并未理睬，心中燃起强烈的好奇。

“最后，他们在一座白色的房子前停了下来。墙上没有窗户，只有一扇墓门似的小门。黑奴落下轿，用铜锤往门上敲了三下。一个穿着绿皮袍的亚美尼亚人从门洞里张望，见是他们来了，便把门打开，又在门前放下一张地毯，供那女人踩。进屋之后，她又回头冲我莞尔一笑。我从未见过如此苍白的人。

“月亮出来的时候，我又回到那里，去找那屋子。可它竟然不见了。这时候，我才明白了那个女人的身份，明白她为什么会对我微笑。

“你真该同我一起去。‘新月节’的那天，年轻的皇帝走出宫外，要去清真寺祈祷。他的须发用玫瑰叶染过，腮上搽着上好的金粉，用番红花染黄了手心和脚掌。

“日出之后，他穿着银袍离开宫殿；日落的时候，他又换上金袍归去。人们趴在地上，不敢抬头，我却不以为意地站在一个枣摊旁边，大模大样地望着他。皇帝见我如此，挑挑描黑的眉毛，停了下来。我却站着不动，也不跪拜。人们惊奇于我的大胆，劝我逃出城去。我不理不睬，走到那些兜售外道神像的摊主旁边坐下（因为这份手艺，他们备受歧视）。当我说出刚才的所为，他们每人送我一尊神像，要我快走。

“当晚我来到石榴街，躺在茶馆的软榻上休息。皇帝的侍卫突然闯入，把我带进皇宫。每过一道门，他们就会拴上铁链。里边有间大院子，两旁围着拱廊。雪花石的墙上，这里缀着青，那里点着蓝；还有绿云石的柱子，桃花纹的地砖。我何曾见过这样的美景！

“我们穿过大院，两个戴面纱的女人站在阳台，朝我叫骂。卫兵加快脚步，矛头撞击在光滑的地板上发出响声。他们打开一扇雕花精美的象牙门，面前是一座流水花园。花坛共有七层，坛里种着夜来香、郁金香，还有银妆点点的芦荟。一束喷泉垂在夜空，好像一块剔透的水晶。柏树仿若烧焦的火把，枝头上夜莺歌喉婉转。

“在那花园的深处，有座小巧的凉亭。眼看就要走近，亭里迎出两名太监。他们一身肥肉，走起路来摇摇晃晃，抬起黄色的眼皮，好奇地打量。一个支开队长，对他一番耳语；一个装模作样地掏出紫盒里的香糕，嚼个不停。

“过了一会儿，队长遣散了侍卫，他们转身回宫，两个太监不慌不忙，一路摘着桑葚吃。年长的太监回头一笑，叫人毛骨悚然。

“走到亭门口，队长朝我使了个眼色。我大模大样掀开厚毡，走了进去。

“屋里有条长榻，榻上有张染过的狮皮，皮上躺着的正是那位年轻的皇帝。他懒洋洋地抻着腿，手上擎着一只雪鹰。在他身后，有个努比亚的大汉，袒胸露背，耳上挂着一对巨环。榻旁有张圆桌，桌上有把大砍刀，寒气逼人。

“皇帝一见我，顿时皱起眉头问：‘你是谁？难道不知道我是皇帝吗？’我不吭气。

“皇帝指指刀，大汉立刻举刀朝我劈来。刀锋从我胸中穿过，我却毫发未伤。大汉猛然趴倒在地，牙根打战，吓得钻进榻后。

“皇帝跳下榻，从武器架上拿起一杆长枪，猛地朝我丢来。我用手轻轻一抓，把它劈成两截。皇帝气得举弓便射，我只轻轻抬手，箭便停在空中。他又摸向腰间，从白皮带中掏出一把短刀，刺向大汉的喉头，以免丑事外泄、颜面扫地。大汉像被踩中的蛇一样扭来扭去，口中吐出血色的泡沫。

“见他气绝身亡，皇帝用小小的紫帕揩揩额前豆大的汗珠，转身问我说：‘难道你是先知，所以我不能伤你？或者难道你是先知之子，所以我不能加害你？请你今晚离开这座城市，不然我便不再是这座城市的国王了。’

“我回答他：‘把你的宝贝分我一半。如果你答应了，我就走。’

“他一把抓过我的手腕，领我走进花园。队长见了大惊失色；太监吓得两腿发抖，扑通跪到地上。

“宫里有间密室，内有八面红斑石墙，铜顶天花板上挂着油灯。皇帝轻轻一碰，石墙突然开裂，眼前出现两排火把、一条长廊。两边皆是壁龛，龛里立着大酒瓮，里面塞满银元。我们走到半路，皇帝发出暗号，一扇密门突然敞开。门内金光闪闪，他忙遮起脸。

“你做梦也想不到那里有多么奇妙！巨大的龟壳里塞满了雪珠，大月石的空心里堆满红宝石。象皮匣里包着黄金，皮壶里灌着金粉；水晶杯里盛着猫眼石，玉杯盛着青玉。圆圆的翡翠整齐地躺在象牙盘上；墙角堆满丝袋，袋里尽是绿松石和绿玉。象牙号角里塞着紫水晶，铜号里是红蓝玉髓。杉木柱上挂着成串的琥珀，椭圆的扁盾兜满酒红青绿的榴石。可怜我说到现在，还不及总数的十分之一。

“‘这是我的宝库，’皇帝松开手，‘如你所说，我们平分。我再送你驮夫和骆驼，他们会听你的吩咐，拿好你的财宝，快走吧。千万不能耽搁，否则我那父亲——太阳看见，就会发现我的无能。’

“可是我回答他：‘我不要金子，也不要银子，更不要你的这些宝贝。它们对我毫无用处。我想要的只有一件，就是你的戒指。’

“‘可它一文不值，只是一块铅啊。’皇帝蹙蹙眉头，‘拿好你的一半财宝，快快走吧。’

“我回答：‘不。我只要你的铅戒。我晓得它里面写着东西，晓得它的用处。’

“皇帝听完浑身颤抖，恳求我说：‘我把财宝都给你，带上我的那份，走吧！’

“后来我做了一件事，可那无所谓。我把那枚宝戒藏在了一个山洞里，离这儿只有一天的路程，我们可以同去。有了这枚戒指，就可以比所有的国王更富有；戴上它，世上的财宝就都是你的。”

“爱比财富好，”渔夫听完笑笑说，“小人鱼爱我。”

“不，什么也没有财富好。”灵魂说道。

“除了爱。”渔夫说完扎进海里。灵魂哭哭啼啼，走向沼泽。

第三年结束时，灵魂又回到海边，唤那年轻的渔夫。

“叫我做什么？”渔夫从深海浮上来问。

灵魂答道：“靠近一些，我好同你讲话。我又经历了许多奇遇。”

渔夫上前蹲在水滩上，托着腮，歪起脑袋听。

“某处有座城，城里有条河，河边有家酒馆。”灵魂慢慢讲，“我同水手们坐在一处，喝着不同颜色的酒，一边嚼着粗面包，一边尝着盛在香叶上的醋拌小鱼。喝到兴头时，突然来了一个老头儿，身上搭着皮毯，手里拿着鲁特琴。他把毯子铺开，拨起琴弦，一位戴面纱的少女突然跳起舞来。少女赤着脚，像对小小的白鸽在毯上飞舞。我从未见过如此美妙的舞蹈，那里离这里只有一天的路程。”

听完这些话，渔夫想到他的爱人没有脚，不能跳舞，心中涌起一股欲望，他对自己说：“既然只要一天，那么去去也无妨。”渔夫笑着上了岸。

双脚再一次踏上陆地，渔夫笑着张开双臂，伸向他的灵魂。灵魂迸出一声狂喜，扑面而来，回到主人身上。他的影子——灵魂的身体，顿时现在沙滩。

“快走吧，别耽搁了，”耳边传来灵魂的声音，“因为海神善妒，他有一群听话的手下。”

于是他们匆忙上路，趁着月光赶了一夜，又顶着一天的日晒，傍晚来到一座城外。

“这可是你说的那座城吗？”渔夫问，“她在里边跳舞吗？”

“不是这座，而是另一座，”灵魂答道，“既然来了，我们不妨看看？”于是他们进了城，走街串巷。路过珠宝店时，渔夫发现有只漂亮的银杯子。灵魂见了说道：“把它拿走，藏起来。”

渔夫把杯子裹进袍里，匆忙离去。

出城十里路，渔夫一把丢掉杯子，怒问灵魂：“为什么要我偷盗，逼我作恶？”“冷静点，冷静点。”灵魂劝道。

第二天傍晚，他们又来到一座城外，渔夫问灵魂：“你说的可是这座城吗？她在里面跳舞吗？”

“不是这座，而是另一座。既然来了，我们不妨看看？”于是他们进城，走街串巷。路过鞋帽铺，渔夫发现水缸边站着一个小孩儿。灵魂对他说：“揍他。”他便把那小孩儿揍成了泪人儿，然后和影子一起匆忙离城。

走出十里路，渔夫越想越气，便问灵魂：“为什么要我出手伤人，逼我犯浑？”

“冷静点，冷静点。”灵魂劝道。

第三天的傍晚，他们又来到一座城外，渔夫问灵魂：“你说的是这座城吗？她在里面跳舞吗？”

“也许正是这座城，我们去看看？”

于是他们进了城，走街串巷，可是找来找去，里面既没有那条河，也没有河边的酒馆。人们古怪的目光让渔夫越想越怕，便对灵魂说：“我们走吧，这里既没有那位少女，也没有跳舞的小白鸽。”

谁知灵魂却说：“不，我们还是留在这里吧。天已经黑了，路上可能有强盗。”

渔夫只好来到市集，就地休息。不一会儿，来了一个裹头巾的商人，披着鞑靼布的斗篷，打着芦枝牛角灯。商人问他：“那些商店都关门了，你为什么还坐在这儿？”

“我既找不到这里的酒馆，又没有亲戚肯收容我。”渔夫叹气说。

“我们不是亲戚吗？不都是上帝所创造的吗？来吧，我家正好有间客房。”商人说。

渔夫起身，跟着商人回家，穿过石榴园，走进厅堂。商人端来玫瑰水，让他洗手，送上熟透的蜜瓜让他解渴，然后又给他一碗米饭、一块羊羔肉。

渔夫吃完饭，商人领他前去休息。渔夫亲吻他的戒指，向他谢恩，然后倒向羊皮垫。等他盖好黑羊皮的被子，很快就睡着了。

黎明前的三个小时，天还没亮，灵魂突然叫醒渔夫："起来，找到那商人的卧室，把他杀掉。别忘了带上他的金子，供你享用。"

渔夫起身，摸向商人房中。商人脚上有把弯刀，身旁有只木盘，盘里堆着九袋金子。渔夫伸手摸刀，当他刚碰到刀的时候，商人突然睁眼，抢过刀来跳着骂道："难道你要恩将仇报，用我的血来报答我的善？"

灵魂对渔夫说："动手！"渔夫就把商人打昏在地，然后抓起九袋金子，逃之夭夭。他们穿过石榴园，向着晨星跑去。

跑出十里路，渔夫捶胸骂道："为什么你要让我杀人，抢他的金子？你这魔鬼！"

"冷静点，冷静点。"灵魂劝道。

"不！"渔夫嚷道，"这我办不到，你的教唆十分可恨，我恨你！快说，你为何要这样对我？”

“当你赶我走的时候，并没有给我一颗心啊，”灵魂对他说，“所以我才随心所欲，无恶不作。”

“你说什么？”渔夫咕哝着。

“你明白，”灵魂答道，“你最清楚不过。难道你忘了没有给我一颗心吗？我想不会。所以为了你，也为了我，消消气吧，从此你将再无痛苦，只有享乐。”

听到这儿，渔夫气得浑身发颤，他对灵魂说：“不，你这魔鬼！为你我忘了我的爱，是你引诱我走上邪路！”

灵魂却对他说：“要知道，那是因为你赶我走时，没有给我一颗心啊。走吧，我们再到另一座城里，玩个痛快吧，我们有九袋金子呢。”

可是渔夫丢掉金袋，扔在地上，抬脚猛踏。

他叫道：“不！我们从此再无瓜葛，各奔东西。过去我怎么赶你走，现在你就怎么走，否则遭殃的就是我。”说完渔夫掏出绿鳞刀，背对银月，挥向脚下，割掉他的影子——他的灵魂。

谁知灵魂浑然不动，不肯听命，反而说道：“女巫的魔法只能用一次，你既赶不走我，我也走不了。一个人一生只能把灵魂赶走一次，倘若回去，就会永远留下。这是他的奖赏，也是他的惩罚。”

渔夫吓得面如白纸，捏拳喊道：“这话女巫没有说过，她是个骗子！”

“不，”灵魂说道，“在她所崇拜的‘他’面前，她是真的，她永远都是‘他’的奴仆。”

得知无法摆脱灵魂，魔鬼将永远挥之不去，渔夫倒在地上，号啕大哭。

天一亮，渔夫对灵魂说：“我会自绑双手，不再听你指使；我会封起双唇，不再与你交谈；我要去寻我的爱，回到她的怀抱。我要回到大海，回到她爱唱歌的小湾；我要呼唤她，对她说出我的所为、你的罪孽。”

“你的爱人有何魔力，让你如此执着？”灵魂引诱他，“比她美的女子有千千万。撒玛利的舞女，善学鸟兽之舞，脚描棕纹花，指捏小铜铃；她们边跳边笑，声音像泉水一样清澈。走吧，和我一起去。你为何要对恶耿耿于怀呢？难道说美味不是为了享用，美酒一定有毒吗？何必自寻烦恼？跟我走吧。附近有座小城，城里有座金香园，园里有蓝白孔雀，在那美丽的花间徜徉漫步。它们朝太阳开屏，好似一张张金盘银盘。喂养它们的女人为它们献上舞蹈，时而勾手，时而弯脚，博得它们欢心。她的眸子闪着银光，鼻翼活像一只飞燕，右边的翅上镶着一朵珍珠花。她边跳边笑，脚上的银铃丁零作响。何必自寻烦恼，快跟我去那座城吧。”

可渔夫不动声色，双唇紧闭，绑紧双手，走向来时的方向，他要回到爱人唱歌的小湾。灵魂不停引诱，可他毫不理睬，毫不妥协——爱情的力量何等伟大！

到了海边，渔夫解开手上的绳子，去掉沉默的封印，呼唤小人鱼的名字。可怜他叫了整整一天，苦苦哀求，她却始终没来。

灵魂嘲笑他："你的爱人并没有给你多少欢乐。你就像那缺水时还往破容器里倒水的人。你付出了所有，到头来却一无所有。不如跟我走吧，我知道'欢乐之谷'藏在哪里，知道它的美妙。”

渔夫没有答话，而是用树枝在岩石间搭起了屋子，在那儿住了一整年。每天清早、中午和晚上，他都要呼唤人鱼的名字，但她从来不曾出现。渔夫找遍一座座海洞、一片片绿湾、一汪汪浅池、一口口深井，可是哪里也不见小人鱼的影子。

灵魂总在耳边引诱，说些可怕的悄悄话。渔夫从来不为所动，它们敌不过爱情的伟大。

一年之后，灵魂不免思量："我拿恶来诱他，却不敌他爱的力量。若是换成善，或许他会跟我走。”

于是它对渔夫说："我对你讲过世上的欢乐，可是你却不肯听。如今我要向你讲述世上的痛苦，你愿意听吗？痛苦主宰一切——这是真话，谁也逃不出它的魔爪。有人衣不蔽体，有人腹内空空；有人裹着破布，有人披着紫裘；麻风病人在沼泽里游荡，互相仇视；乞丐沿街乞讨，兜里没有一个子儿；饥荒在城里横冲直撞，瘟疫坐在每家门外。走吧，我们去消灭那些痛苦，让它消失吧。既然你的爱人不肯来，为何你还要苦等呢？爱有什么魔力，让你如此痴迷？"

可是渔夫不作声，因为爱情塞满了他的心。他不分昼夜，始终呼唤着心爱的人儿，可她还是没有出现。渔夫找遍一条条海河、一条条海谷，找遍海中紫色的黑夜、灰白的黎明，可是哪里也没有她的影子。

第二年过去了，一天晚上，灵魂见渔夫一个人在家，便来找他，说道："唉！我曾以恶诱你，也曾以善诱你，但却始终不敌你的爱。我会到此为止，绝不打扰你，但我还有一件事要求你。我求你敞开心扉，让我进去，让我们还像从前那样，合为一体。"

渔夫说："来吧，你在没有心的日子里到处漂泊，一定吃了不少苦头。"

灵魂叫道："哎呀！可我进不去呀，爱情把它紧裹着！"

渔夫回答："若是能帮忙，我倒很乐意。"

渔夫话音刚落，海中突然传来一声哀叫，就像人鱼死前的绝唱。渔夫一跃而起，夺门而出，跑向岸边。黑色的潮水滚滚而来，托着一片白——既似银叶，又似浪头，更像朵飘飘摇摇的小花。浪头把它拖出潮水，涌向泡沫，送上岸的怀抱。原来那是小人鱼的尸体，她躺在渔夫脚下，死了。

渔夫悲恸欲绝，哭着倒在爱人身旁，吻她冰冷的红唇，抚弄打湿的琥珀发珠。他浑身发颤，不知是哭还是笑，把她搂进古铜色的臂弯。爱人的双唇早已冰冷，可他狂吻不已；她的发蜜咸涩，他分不清是苦还是甜；她的眼帘紧闭，眼窝里的海沫比他的眼泪还要淡。

渔夫对着亡妻开始忏悔，对着她的耳窝，倾倒命运的苦酒。他用她的小手搂住自己的脖子，抚摸着她那纤细的喉管。渔夫悲喜交加，苦乐难分。

黑潮渐渐逼近，白浪发出麻风病人般痛苦的呜咽。大海伸出白色的巨爪，爬上沙滩，海王的宫里传来恸哭；远远望去，特里同们正在吹奏沙哑的螺号。

"快逃呀！"灵魂喊道，"海浪越来越近，不走你会死的。逃吧，我怕，我怕你的心因为爱的力量，把我拒之门外。逃吧，逃到安全的地方去吧！你不会要把我送去另一个世界，却不给我一颗心吧？”

可是渔夫没有理睬，而是唤着小人鱼的名字：“爱比智慧更好，爱比财富更珍贵，爱比少女们的脚儿还要美，火儿烧不到，水儿淹不得。我在黎明呼唤你，可你不应声；月亮听到你的名字，你却不理我。我不该离你而去，结果到头来伤了你，也害了我。但你的爱却将永远陪伴我，它至高无上，不可战胜——无论对邪还是善。如今你死了，我也要和你一起死！”

灵魂求他离开，可是渔夫不答应，有什么能胜过爱情的伟大呢？海水越来越近，眼看就要把他吞没。渔夫自知死期已到，疯狂地吻起爱人的冰唇。他的心碎了。爱情撑破了他的心，灵魂终于得偿所愿，与他再次融为一体。海浪扑向渔夫……

次日清早，牧师去向大海祈祷，求它平息怒火。乐师和僧侣紧随其后，人们抬着香炉，秉着烛台，队伍一眼望不到头。

牧师来到海边，发现年轻的渔夫躺在海中，怀里紧抱着小人鱼。他微微皱眉，不由得倒退几步，一边在胸前画着十字，一边喊道：“无论是海，还是海里的东西，我都不会为你们祈祷。诅咒那些该死的人鱼，诅咒那些下海的叛徒。这里躺着一个人，他为爱而背叛了上帝，上帝赐死了他的情人，要他陪葬。把他们两个抬走，埋在漂洗场的角落里。不要为他们树碑立传，不要让人知道。他们生前难逃诅咒，死后也一样。”

大家照着他的吩咐，来到漂布人荒芜的田角，掘好深坑，填入死尸。

第三年后，一个神圣的天气里，牧师走进礼拜堂。他要向人们展示主的蒙难，诉说主的愤怒。

当他穿好法衣，走近祭台行礼时，眼前突然堆满了奇异的花朵。他从未见过这样的花朵，它们有种奇特的美，使他心神不安。美妙的香气扑面而来，令人心旷神怡，心里有股莫名的欢愉。

牧师打开圣龛，在圣体匣前焚香之后，把庄严的圣体示以众人，然后把它藏进纱帘。他向人们讲经，讲解上帝之怒。可那美丽的小花让他心乱，它们的香甜使人陶醉，原本口中愤怒的上帝，冠上了“爱”的名字。至于为何如此，他也不知道。

当他讲完最后一句，人们不觉流泪；牧师回到法衣室，顿时热泪盈眶。执事进来为他宽衣，解掉白袍、腰带、圣带、臂带。牧师恍然如梦。

等牧师脱完衣服便向执事问道：“祭台上的花是什么花？它们是哪儿来的？”

“我们不知道是什么花，”执事答道，“只知道它们来自漂布人的田角。”牧师听完打了个哆嗦，马上回家祈祷。

次日一早，天光乍亮，牧师领着乐师和僧侣，与抬香秉烛的队伍一起，浩浩荡荡来到海边。他要为海祝福，保佑海中的一切生灵。他为森林里的牧神祝福，为爱跳舞的、爱在树叶间眨眼睛的小精灵们祝福。他祝福上帝所造的万事万物，人们充满惊奇与喜悦。而那漂布人的田角，那块荒芜的不毛之地，却再也没有开过花儿。人鱼也再没来过那座小湾，他们去了遥远的他乡。

# 星　孩

从前有两个穷苦的樵夫正要穿过一片大松树林回家。那是一个寒冷的冬夜，厚厚的积雪压在枝头，铺满大地。寒霜跟在他们身后，一路掰断两边的树枝；他们来到山涧，瀑布静静地挂在半空，因为冰王刚刚将她吻过。

天是那么冷，就连飞鸟与野兽也不知如何是好。

“嗷呜——！”树丛里的灰狼一瘸一拐，夹着尾巴吼道，“真是十足的鬼天气。上天怎么不来管管？”

“啾！啾！啾！”青雀叫道，“大地奶奶死了，这是她的寿衣。”

“大地姑娘正要出嫁，这是她的嫁衣裳。”野鸽窃窃私语。它们粉嫩的小脚冻得发紫，但却忠于职守，坚持这种浪漫的观点。

“胡说！”狼咆哮道，“我说这是上天的错，倘若你不信，我就把你吞掉！”它的想法很务实，不愁没有理由。

“要我看，”啄木鸟插话，“我不喜欢任何解释。是就是，不是就不是，这天儿确实冷得可怕。”它是位天生的哲人。

天冷得可怕。枞树上的小松鼠，在高高的树洞里死命磨着鼻子；兔子缩在窝里，不敢往外瞧。唯一高兴的，仿佛只有大角鸮。尽管羽衣结满雾凇，可是它们毫不在乎，转转金色的大眼睛，呼唤林中的同伴。“喽——呼——喽——喂——天气好极啦！”

樵夫只顾埋头赶路，猛朝手指哈气，靴底的大铁掌踩着厚雪。有次他们陷进深沟，出来时就像两个磨面工；有次滑倒在冰封的沼泽，木柴散了一地，只好重新绑回去；有次他们迷了路，害怕极了，生怕在冰雪的怀里睡过去——他们了解她的残酷。两个人把希望寄托于旅行之神——他会照料所有的旅者，引导他们走向正途。他们小心翼翼，终于来到林外，远处山谷的村子里亮着灯光。

发现自己顺利脱险，他们欣喜若狂，放声大笑。天上的月亮好似一朵金花，大地好似银花。

笑过以后，他们忽然难过起来，想起了自己的贫穷，于是一个对另一个说道："我们高兴什么呢？生活只眷顾有钱人，哪有穷人的份儿？我们还不如冻死在林里，让那些野兽吃了的好。"

"不错，"他的伙伴答道，"有人享有的太多，有人享有的太少。不公将人间瓜分殆尽，只有忧愁一视同仁。"

就在他们互相悲叹的时候，突然发生了一桩怪事——有颗极美极亮的星星，划过夜空，穿过群星，从天而降，在他们好奇的目光下，落在小羊圈旁边的柳林里。

"天哪！准能找到一坛金子！"他们一边叫着，一边拔腿奋力向前冲。他们太想得到金子了。

其中一个樵夫腿脚飞快，转眼把伙伴落在后面。他在柳树间一路狂奔，来到林边。嗬！雪里的确有个金灿灿的东西。樵夫快步上前，蹲下去伸出手，原来是一件金丝斗篷，层层叠叠，绣着奇妙的星星。他呼唤同伴，说他找到了天赐的宝物。等他赶到时，两人一齐坐在雪地，剥开斗篷，打算平分金子。谁知里面既没有金子，也没有银子，更没有别的奇珍异宝，只有一个熟睡的婴儿。

于是一个樵夫说："我们的希望就得到这么个痛苦的结局，我们一点运气都没有。小孩儿能有什么用？我看还是把他留下，快些走吧。我们都是穷人，都有自己的孩子，哪有面包给他呢？”

可是他的同伴却说：“不，不能把他留在这冰天雪地里，那样太残忍了。虽然我们穷，锅里米不多，嘴巴一大堆，可我还是想带他回去，交给妻子照顾。”

他小心翼翼地抱起孩子，裹紧斗篷，抵御寒风，一路下山回村。他的同伴很奇怪，笑他心太软，是个傻瓜蛋。

走到村口，他对樵夫说：“孩子归你，斗篷归我，我们说好一切平分。”

“不，”樵夫听完回答，“斗篷既不是你的，也不是我的，是这孩子的。”于是他向同伴告别，敲敲家门。

妻子开门一看，发现丈夫平安无事，高兴地上去又吻又抱。她帮他解下木柴，为他扫净靴子，拉他进屋。

可是樵夫却愣着不进，说：“我在林里捡到一样东西，把他带来给你照顾。”

“什么东西？”妻子问，“让我看看。屋里空得很，正好缺东西。”于是樵夫揭开斗篷，露出熟睡的婴孩。

“天哪！”妻子抱怨说，“难道我们的娃娃还不够多，非要捡个野孩子来跟他们同桌？天知道他会不会招来噩运！我们又拿什么喂他呢？”妻子火冒三丈。

“可他是个星孩啊。”樵夫把来龙去脉讲给妻子听。

可她不但没有息怒，反而更加生气，数落他道：“亲生的孩子都吃不饱，哪有多余的食物给别人？我们照顾他，谁来照顾我们？谁让我们不挨饿？”

“上帝博爱，麻雀尚能填饱肚子啊。”樵夫说。

“冬天一来，它们难道不会饿死吗？”妻子问，“现在不是冬天吗？”

樵夫哑口无言，待在门口一动不动。

林里吹来一阵寒风，吹进敞开的大门，妻子打了个寒战。她对丈夫说：“你为什么还不把门关上？风像刀割一样，我很冷。”

“吹进硬心肠的人家里的风，不是向来都是刺骨的冷风吗？”樵夫问。妻子没有回答，而是走向火炉。

不一会儿，她转身望着丈夫，满眼泪花。樵夫冲进门，把婴孩放入她的怀里。妻子吻着小家伙，抱他上床，把他放在小儿子的枕边。第二天早上，樵夫把那件奇异的斗篷放进一只大木柜里，妻子摘下孩子脖子上的琥珀项链，放在一处。

就这样，星孩与樵夫的子女一起成长，同吃同乐。他模样生得越来越俊，左邻右舍无不惊讶。因为他们皮肤黝黑，头发也黑，而他却像象牙般柔白细嫩，一头弯弯的卷发像金色的水仙，嘴唇赛过鲜红的玫瑰，眼睛宛如水边的紫花，身子像割草人未去的田野上成片的水仙，娇艳欲滴。

但美却将他引入歧途，使他变得越来越骄傲、自私、冷酷。无论是村里的孩子，还是樵夫的孩子，他都瞧不上。他嫌他们出身低下，自己却贵为天上的来客；他自称主人，把他们唤作他的奴仆。他对穷人毫无怜悯之心，还虐待盲人乞丐。他朝他们丢石头，把他们赶出村子，去别处乞讨；结果除了流氓无赖，谁也不敢再来要饭。他确实对美十分痴迷，对老弱病丑总是充满讥讽。他只爱自己，每当夏天风和日丽的时候，他就会来到牧师的果园，躺在水井边，望着那张俊俏的脸孔，顾影自怜，为自己姣好的面容开怀大笑。

“当你孤苦无助的时候，我们是怎样对待你的？”樵夫和妻子常常责备他，“你对那些可怜的人儿，为何总是如此无情？”

村里的老牧师也常常找他，教他爱惜生命，对他说：“飞蝇是你的兄弟，不要加害；林间的野鸟自由自在，不要惊吓；上帝造出蛇蜥鼠蚁，各有天命。你怎能贪图一时之乐，为主所造的世界带来伤害呢？要知道，牛羊尚且赞美主啊！”

星孩却像没听见。他噘噘嘴，皱皱眉，回到同伴们中间，领他们玩。他们拥护他，因为他漂亮、敏捷，会跳舞，会吹笛。所以无论星孩走到哪里，他们就跟到哪里；他让大家怎么做，他们就照办。他把芦苇削尖，刺穿鼹鼠的眼睛，他们在一旁幸灾乐祸；他朝癞子丢石头，他们哈哈大笑。他们无不俯首听命，变得像他一样铁石心肠。

一天，村里来了位衣衫褴褛的女乞丐。她的脚掌磨出了血泡，十分可怜。乞丐累得筋疲力尽，只得坐在树下休息。

星孩见状，便对伙伴说道："看哪！那棵绿荫荫的树下，竟坐了个脏兮兮的女乞丐。走，我们快去把她赶走！她丑得简直令人作呕！"

于是星孩慢慢靠近，朝她丢石头。乞丐惊恐地瞪起双眼，盯着星孩一动不动。正在附近劈柴的樵夫，看见星孩的所作所为，马上跑来斥责："你的心比顽石还硬，毫无怜悯！这可怜的女人对你做过什么，让你这样对她？"

星孩气得面红耳赤、两脚直跺，说："你凭什么骂我？你又不是我的父亲，我用不着听你的唠叨。"

"不错，"樵夫回答，"但当我在林子里看见你时，却未一走了之。"

听到这里，乞丐大叫一声，昏了过去。樵夫把她背回家里，交给妻子照看。等她醒来以后，他们为她摆上饭菜，热情款待。

可她不吃不喝，而是问樵夫："刚才听你说，你是在森林里把他找到的？是不是十年前的今天？”

“没错，”樵夫答道，“我的确是在森林里把他找到的，那天正是十年前的今天。”

“当时他的身上有没有什么信物？”女人忙问，“脖子上有没有一条琥珀项链？是不是裹着一条绣着星星的金斗篷？”

“没错，”樵夫答道，“和你说的一样。”他从柜里翻出项链和斗篷，拿给她看。

女人一见，高兴地流泪说道：“他不是别人，正是被我丢在森林里的小儿子啊。求您快去把他带来，我踏遍千山万水，历尽千辛万苦，就是为了找他。”

樵夫与妻子出门叫来星孩，对他说：“快进屋，你的母亲正在等你。”

星孩又惊又喜，闯进屋内。当他看清那个人的模样，不禁轻蔑地笑道：“我的母亲在哪里？这里只有一个脏兮兮的臭乞丐呀。”

“我是你的母亲。”女人说。

“你是个疯子，”星孩破口大骂，“我才不是你的儿子，你是一个臭乞丐，丑乞丐！快点儿滚蛋，别再让我见到你那副恶心的模样！”

“可你真是我的小儿子，我在森林里生下了你，”女人哭着跪下，向他张开怀抱，“强盗将你掳走，把你丢下等死。但我一眼就认出了你，还有你的信物，那条金色的斗篷和琥珀链。跟我走吧，我为你已经走遍千山万水。来吧，我的儿子，母亲需要你的爱呀。”

星孩一动不动，把她紧紧锁在心外。屋里寂静无声，只有女人的痛哭。

星孩终于开口，语气决绝而冷血地说道：“若你真是我的母亲，最好走得远远的，别来使我蒙羞。我的母亲是星星，不是乞丐，快滚，别让我再见到你！”

“我的孩子啊！母亲为找你吃尽了苦头，你连吻别也不肯吗？”

“不肯，”星孩说道，“你的脸简直叫人恶心，我宁愿去吻蛇与蟾蜍。”

女人只好起身，抽抽搭搭地走向林中。星孩见她一走，高兴地回到同伴们中间，继续玩耍。

可是他们却挡住去路，笑他，挖苦他：“瞧瞧你的样子，丑得像只癞蛤蟆，毒蛇都比你好看。滚吧，我们不愿跟你玩。”大家把他赶出了花园。

星孩皱皱眉头，问自己：“他们为何这么说？我要去井边照照，它会告诉我有多美。”

于是星孩来到井边，低头一望——天哪！那是一张蟾蜍的脸，身上长满蛇鳞。他顿时倒在草地，放声哭泣："这是我的罪过。因为我不认亲生母亲，反而把她赶走，对她傲慢而又残忍。我要去找她，哪怕走遍天涯海角，也绝不放手。"

樵夫的小女儿找到他，按住他的肩说："就算不美又有什么关系？还有我们在，我们永远也不会嘲笑你。"

"不，"星孩说，"我对母亲太坏，这是我的报应。因此我必须走遍世界，直到把她找到，请求她的原谅。"

于是星孩跑进森林，呼唤母亲，可是没有回答。他叫了整整一天，太阳落山的时候，才在叶床上躺下。飞鸟和野兽纷纷逃走，畏惧他的残忍；只有蟾蜍留下来陪他，还有慢慢滑行的毒蛇。

清晨醒来，他从树上摘来一些酸果，勉强吞下，然后一边在森林里游荡，一边哭泣。无论遇到谁，他都会打听母亲的下落。

"你会钻土，"他问鼹鼠，"告诉我，我的母亲在不在下面？"

"你弄瞎了我的眼，"鼹鼠说，"我又怎么会知道呢？"

"你能飞过高高的树顶，俯瞰世界，"他问红雀，"告诉我，你可曾见过我的母亲？"

“你剪掉了我的翅膀，只为取乐，”云雀说，“我又怎么能飞呢？”

“我的母亲在哪里？”他问枞树上形单影只的小松鼠。

“你杀害了我的母亲，”小松鼠说，“又要杀害你自己的母亲吗？”

星孩埋头痛哭，乞求主和万物的原谅，继续上路，到处寻找母亲的踪迹。两天以后，星孩来到林外，走向平地。

当他路过村落，村里的孩童纷纷嘲笑他，朝他丢石头；他的脸上又脏又臭，村民怕他糟践谷子，连谷仓也不肯让他睡；长工也总是把他赶开，没有半点儿怜悯。三年来他走遍了全世界，可是哪里也没有母亲——那位女乞丐的音讯；他好像时常见到她的背影，喊着追上去，脚底磨出鲜血，可是永远也追不上。一路上，人们都说没有见过那样的乞丐，并且嘲弄他的悲痛。

三年来，星孩走遍世界，没有得到过半点儿爱与怜悯。这正是当初他洋洋自得，亲手种下的苦果。

一天夜里，他来到河边一座高大的城门口。尽管两脚酸痛，可他还是打算进去瞧瞧。门口的守卫把戟一举，挡住他的去路，粗暴地问他：“你来这里有什么事？”

“我在找我母亲，”他说，“恳请你们放我进去，也许她就在里面。”

守卫听了哈哈大笑，甩甩黑胡子，把盾放下说道：“就算在，她也一定不肯见你。你比烂泥里的蛤蟆还丑，比那毒蛇更可怕。滚吧，快滚！这里没有你的母亲。”

另一个守卫手执黄旗问：“谁是你的母亲？你为什么要找她？”

“我的母亲跟我一样，是个乞丐，”星孩答道，“但我过去待她不善。求您放我过去，请求她的原谅，也许她就在里面。”守卫仍不答应，而且还拿戟戳他。

星孩只好转身流泪。这时来了一位武士，披着金花甲，戴着银狮盔。他问守卫谁要进城，他们答道：“是个乞丐，她的母亲也是乞丐，我们把他赶跑了。”

“不，”那人边笑边叫道，“不如把他卖作奴隶，用他换一杯甜美的酒吃。”

一个面目狰狞的老人恰巧路过，说道：“我愿出钱把他买下。”于是付了钱，就抓起星孩的手，带他进城。

他们穿过大街小巷，来到一棵石榴树下，树后有扇小门。老人用雕花的玉戒碰碰门，门开了。他们走下五级铜台阶，来到一座花园，花园里开满了黑色的罂粟，到处摆满绿色的陶罐。老人从头上扯下一块花绸布，捂住星孩的眼睛，赶他向前。当他把绸布解开后，星孩发现这里竟然是一座地牢，点着一盏牛角灯。

老人端起木盘，给他几块发霉的面包，然后又端来了一杯咸水，要他喝。照办之后，老人转身离去，锁住牢门，拴上大铁链。

第二天一早，老人回到牢里。他其实是位利比亚的魔法师，法力极为高强。他从尼罗河古墓里的一位隐士那里学来了这身本领。他对星孩瞪眼说道："在这座异教城的城外有片林子，里面藏着三块金子。一块白的，一块黄的，还有一块是红的。今天你去把白金拿来，不然我就用鞭子抽你一百下。快去，太阳下山的时候，我在花园门口等你。若是空着手，我就让你尝尝厉害，因为你是我的奴隶，是我用一杯酒钱买来的。"说罢他蒙上星孩的眼，领他出去，走过满是罂粟的花园，爬上五级铜台阶。他用戒指叩开门，把星孩推到大街上。

星孩走出城外，来到他所说的那片林子。

林子看起来很美，充满了花香鸟语，星孩高兴地往里闯。但美似乎很讨厌他，因为无论他走到哪里，地上都会冒出又粗又长的荆棘，缠住他的脚。恶毒的荨麻扎他，锋利的蓟草刺他，把他弄得痛苦不堪。他从天亮找到中午，又从中午找到晚上，可是哪里也找不到那块白金。天色渐黑，星孩只好作罢，他伤心地哭着，知道自己在劫难逃。

就在他正要出去的时候，突然传来一声惨叫，好像什么东西在痛苦中发出的声音。他把愁苦暂抛脑后，立刻跑过去，发现原来是只小兔子，落入了猎人的圈套。

星孩见它很可怜，便把兔子放了，对它说：“虽然我是奴隶，但我可以给你自由。”

“谢谢你的救命之恩，”兔子说，“我该怎么报答你呢？”

“我要找块白金，”星孩说，“可是怎么也找不到。若是空手回去，就会挨揍。”

“跟我来，”兔子说，“我来带你去。我知道白金藏在哪儿，而且知道为什么藏在那儿。”

于是星孩跟着兔子一起去。只见在一棵老树的树缝里，正是那块他要找的白金。星孩激动地抓住它，对小兔子说：“我对你的帮助，你已经多倍地还给我了；我对你的善意，你已经百倍地报答我了。”

“不，”兔子说，“不过是你怎样待我，我就怎样待你罢了。”说完它便跑不见了，星孩独自往回走。

城门口有个可怕的癞子。他坐在地上，脸上罩着一块麻布，眼孔射着红光。瞧见星孩走近，他便敲起木碗，摇摇破铃，对他说："请给一块钱吧，我快饿死了。他们不让我进城，没人可怜我。"

"唉！"星孩叹气，"我的兜里也只有一块，若是空手回去，就会挨揍。因为我是一个奴隶。"

癞子苦苦哀求，为他祈福。星孩动了恻隐之心，把那块白金给了他。

当他回到花园，魔法师开门问他："我要的金子带回来没有？"

"没有。"星孩只好老实回答。老人猛扑上去，把他暴打一顿。他给星孩一只空盘，让他吃；给他一只空杯，让他喝，然后把他丢进地牢。

第二天一早，魔法师跑来见他："去把那块黄金给我找来，如果不能带回来，你就继续做我的奴隶，还要挨我三百鞭。"

星孩只好又去林了。他在里面找了整整一天，可是哪里也没有那块黄金。太阳下山的时候，他只好坐在地上哭泣。这时，昨天他救过的那只小兔跑了过来。

"你在哭什么？"兔子问，"你在找什么？"

"这里藏着一块黄金，"星孩说，"若是找不到，主人就会揍我，不放我走。"

“跟我来。”兔子叫着跑过树林，来到一片水塘。在那水塘的塘底，正是那块黄金。

“我该怎么谢你呢？”星孩说，“你又一次救了我。”

“那是因为你救过我。”兔子说完便跑不见了。

星孩从水里捞起黄金，放进钱兜，转身回城。见他来了，癞子连忙上前跪下哭道：“给我一块钱吧，我快饿死了。”

“可我兜里只有一块，”星孩说道，“若是空手回去，主人就会揍我，不放我走。”

癞子再三哀求，星孩又对他可怜起来，把那块金子给了他。

当他来到花园门前，魔法师开门问他：“我要的黄金在哪里？”“不在我身上。”星孩只好老实交代。魔法师猛地扑上去，把他揍了一顿，还给他套上沉重的铁链，丢回牢里。

第二天一早，魔法师跑来对他说：“如果你今天能把红金给我拿来，我就放了你；如果拿不来，我就杀了你！”

星孩只好又去林子。可他找了整整一天，始终找不到那块红金。天色越来越黑，他只好坐下哭泣，这时那只兔子又跑来了。

“红金就在你身后的山洞里，”它对星孩说，“别哭了，你该高兴才是。”

“我该怎么报答你呢？”星孩感激地说，“这是你第三次救我了。”

“那是因为你救过我。”兔子说完没了影儿。

星孩走进山洞，在最里面的角落找到了那块红色的金子。他把金子放进兜里，火速往回赶。癞子见他来了，挡在路中央，对他乞求说：“把那块红金给我吧，不然我会死的。”星孩再次心生怜悯，给他红金说：“你比我更需要。”星孩心情十分沉重，知道自己大难临头。

谁知当他走进城门，守卫却恭敬地弯腰行礼说：“我们的陛下多美啊！”

“不错！简直举世无双！”百姓振臂欢呼。星孩听了却流下泪来，心里说道：“他们又在嘲笑我，拿我的痛苦取乐。”他在黑压压的人群里边迷了路，不知不觉来到一座大广场上，眼前矗立着国王的宫殿。

宫门突然敞开，祭司和百官出来迎接。他们躬身施礼，极为恭敬地对他说道：“您是我们的主人，老国王的儿子，我们一直在恭候您。”

可是星孩却说：“我不是什么国王的儿子，我的母亲是个可怜的乞丐。你们为何夸我漂亮？我知道自己丑陋不堪。”

只见那位身披金甲、头戴银狮盔的武士举起盾牌喊道：“陛下为何要说自己不美呢？”

星孩往盾里一看，他已恢复了早先的容貌，光彩照人，美丽无双。他发现他的眼神中，还多了种陌生的东西。

祭司和百官跪下齐声说道："根据古老的预言，我们的王者今天会来。请陛下接过王冠权杖，做我们公正而仁慈的君主吧。"

"我不配，"星孩说道，"我曾不认自己的亲生母亲。不把她找到，乞求她的原谅，我就决不罢休。让我去吧，我要再次踏上征程，不能停留，把那王冠收起来吧。"说完星孩背过脸去，望向城外。在那拥挤的人群中，星孩看见了自己的乞丐母亲，而那个向他讨钱的癞子，就站在她的旁边。

星孩迸出一声狂喜，忙去跪下，亲吻母亲脚上的伤疤，泪水打湿了伤口。他不住地磕头，对她心碎地哽咽道："母亲啊，骄傲的我曾经将您抛弃，如今我已改过自新，请您接受谦卑的儿子；孩儿曾经厌恶您，请您爱我；孩儿曾经拒绝您，请您收留我。"可是乞丐听完一言不发。

星孩只好伸出双手，抓住癞子惨白的脚："我曾三次给你施舍，让她跟我说句话吧。"但是癞子没有回应。

然后他又哽咽道："母亲啊，儿子如今万分痛苦，请您原谅我，让我回到森林里。"

这时乞丐用手摸着他的头发，叫他"快起来"。

癞子把手放在他的头顶，叫他“快起来”。

星孩慢慢起身，望着他们——啊！原来那是国王与王后。

“这是你的父亲，你曾救过他。”王后说。

“这是你的母亲，”国王说，“你用泪水洗过她的伤。”他们搂住他的脖子，亲吻他，把他带回宫殿，穿上体面的衣裳。星孩戴上王冠，拿起权杖，掌管起这座河畔的大城，成为它的主人。他对臣民一视同仁，把那位恶毒的魔法师赶出了城；他给樵夫和他的妻子送去许多厚礼，给他的孩子加官进爵。他不许别人残害鸟兽，教给他们仁慈与爱；他让穷人不饿肚子，乞丐不缺衣服，国民永远富足、安康。

可他在位的时间并不长。因为历经无数痛苦的考验、火的洗礼，他只活了三年。后来继位的，是一位残酷的暴君。

# 奥斯卡·王尔德大事记

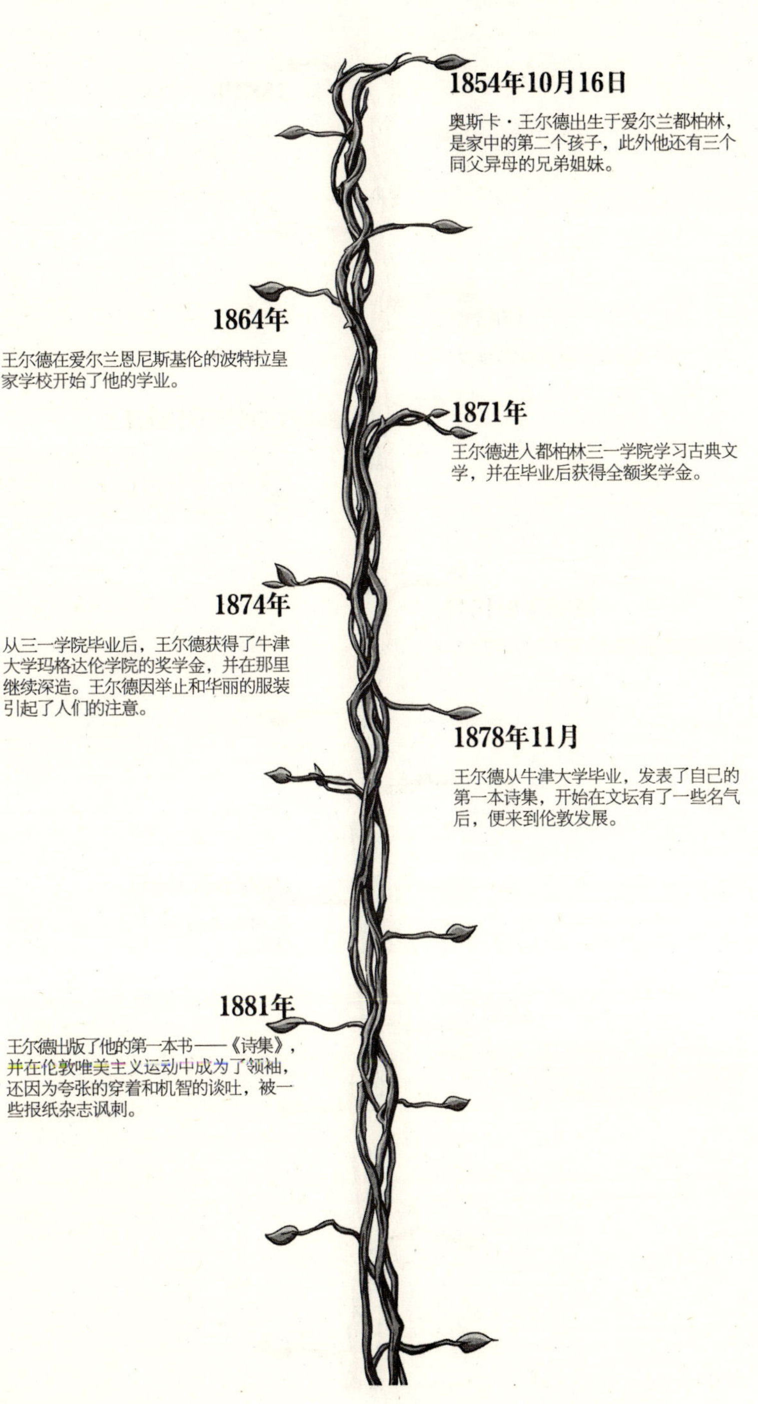

**1854年10月16日**

奥斯卡·王尔德出生于爱尔兰都柏林，是家中的第二个孩子，此外他还有三个同父异母的兄弟姐妹。

**1864年**

王尔德在爱尔兰恩尼斯基伦的波特拉皇家学校开始了他的学业。

**1871年**

王尔德进入都柏林三一学院学习古典文学，并在毕业后获得全额奖学金。

**1874年**

从三一学院毕业后，王尔德获得了牛津大学玛格达伦学院的奖学金，并在那里继续深造。王尔德因举止和华丽的服装引起了人们的注意。

**1878年11月**

王尔德从牛津大学毕业，发表了自己的第一本诗集，开始在文坛有了一些名气后，便来到伦敦发展。

**1881年**

王尔德出版了他的第一本书——《诗集》，并在伦敦唯美主义运动中成为了领袖，还因为夸张的穿着和机智的谈吐，被一些报纸杂志讽刺。

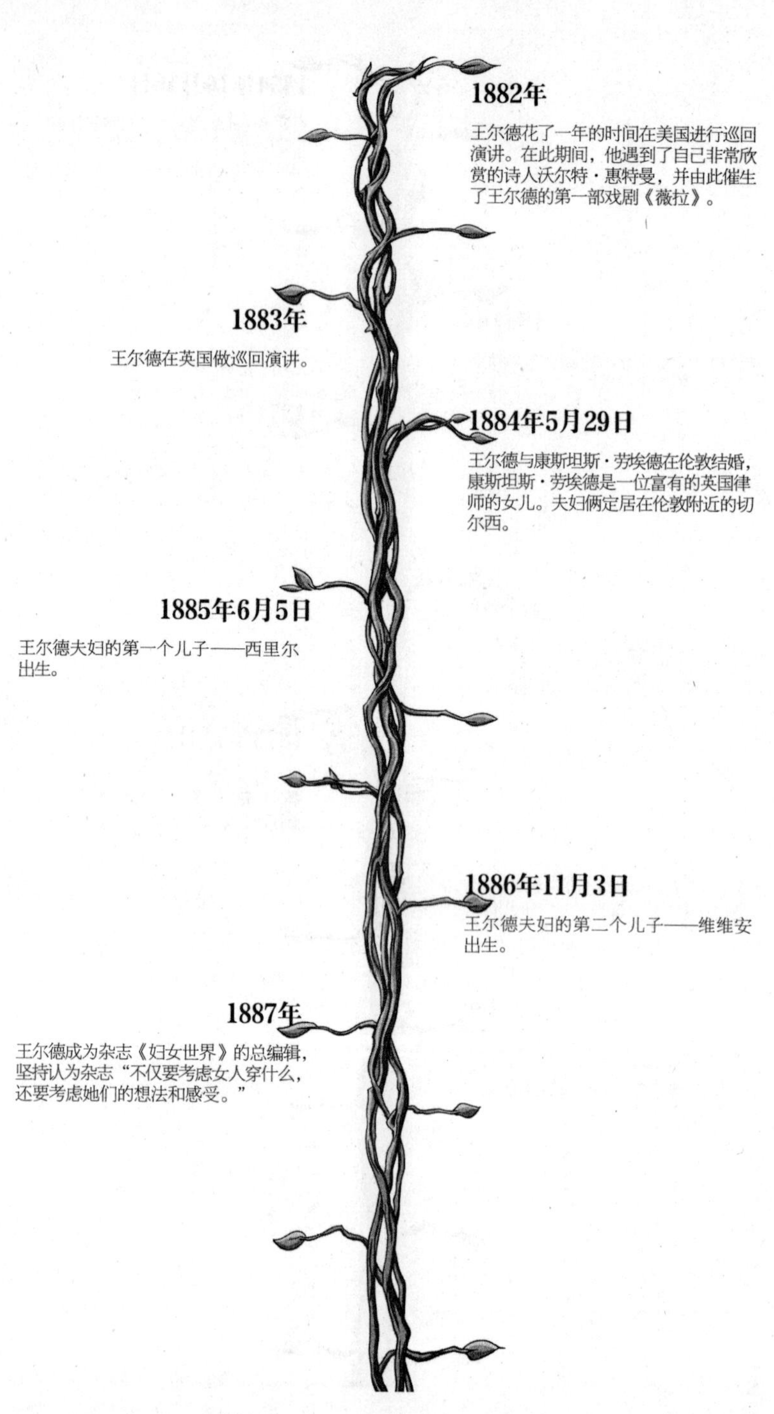

**1882年**

王尔德花了一年的时间在美国进行巡回演讲。在此期间，他遇到了自己非常欣赏的诗人沃尔特·惠特曼，并由此催生了王尔德的第一部戏剧《薇拉》。

**1883年**

王尔德在英国做巡回演讲。

**1884年5月29日**

王尔德与康斯坦斯·劳埃德在伦敦结婚，康斯坦斯·劳埃德是一位富有的英国律师的女儿。夫妇俩定居在伦敦附近的切尔西。

**1885年6月5日**

王尔德夫妇的第一个儿子——西里尔出生。

**1886年11月3日**

王尔德夫妇的第二个儿子——维维安出生。

**1887年**

王尔德成为杂志《妇女世界》的总编辑，坚持认为杂志“不仅要考虑女人穿什么，还要考虑她们的想法和感受。”

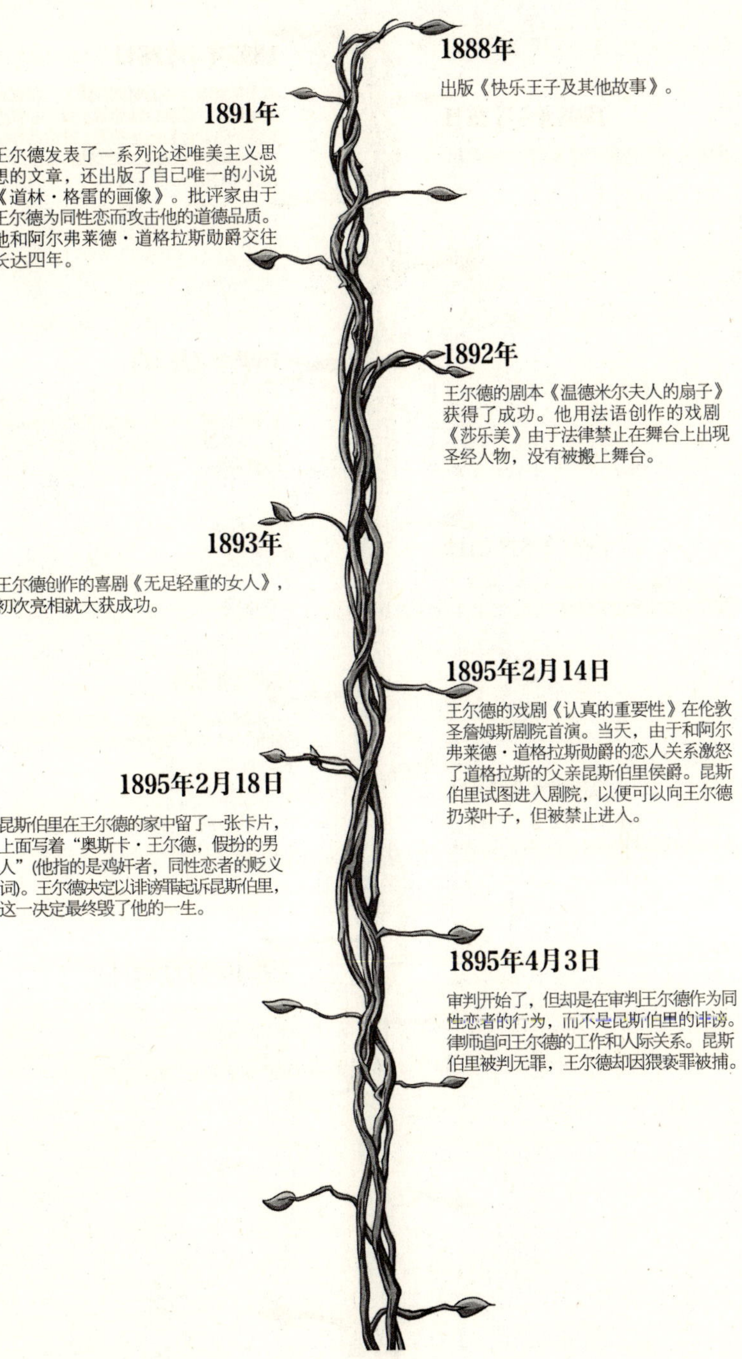

**1888年**

出版《快乐王子及其他故事》。

**1891年**

王尔德发表了一系列论述唯美主义思想的文章，还出版了自己唯一的小说《道林·格雷的画像》。批评家由于王尔德为同性恋而攻击他的道德品质。他和阿尔弗莱德·道格拉斯勋爵交往长达四年。

**1892年**

王尔德的剧本《温德米尔夫人的扇子》获得了成功。他用法语创作的戏剧《莎乐美》由于法律禁止在舞台上出现圣经人物，没有被搬上舞台。

**1893年**

王尔德创作的喜剧《无足轻重的女人》，初次亮相就大获成功。

**1895年2月14日**

王尔德的戏剧《认真的重要性》在伦敦圣詹姆斯剧院首演。当天，由于和阿尔弗莱德·道格拉斯勋爵的恋人关系激怒了道格拉斯的父亲昆斯伯里侯爵。昆斯伯里试图进入剧院，以便可以向王尔德扔菜叶子，但被禁止进入。

**1895年2月18日**

昆斯伯里在王尔德的家中留了一张卡片，上面写着“奥斯卡·王尔德，假扮的男人”(他指的是鸡奸者，同性恋者的贬义词)。王尔德决定以诽谤罪起诉昆斯伯里，这一决定最终毁了他的一生。

**1895年4月3日**

审判开始了，但却是在审判王尔德作为同性恋者的行为，而不是昆斯伯里的诽谤。律师追问王尔德的工作和人际关系。昆斯伯里被判无罪，王尔德却因猥亵罪被捕。

**1895年4月26日**

对王尔德猥亵罪的审判开始了。在家人的催促下，道格拉斯去了法国。王尔德的妻子带着他们的儿子去了欧洲，并改了他们的姓。从此，王尔德再也没有见到过他的孩子。

**1895年5月25日**

奥斯卡·王尔德因严重猥亵被判刑两年。

**1896年2月3日**

王尔德的母亲弗朗西斯卡去世，他的妻子康斯坦斯为了告诉他这个消息而去探监。王尔德为母亲的葬礼出了钱，但买不起墓碑。

**1897年5月19日**

王尔德因健康状况不佳被释放。他去了法国，在那里度过了他的余生。

**1897年8月**

王尔德和阿尔弗莱德·道格拉斯在法国重聚，但因为王尔德往日的光芒不在，他们很快就分开了。

**1898年4月7日**

王尔德的妻子康斯坦斯在意大利去世。这对夫妇在审判后分居，但从未正式离婚。

**1900年11月30日**

在皈依天主教后，奥斯卡·王尔德在巴黎死于脑膜炎，享年46岁。他一开始被葬在巴格尼奥城，后来他的坟墓被搬到了巴黎著名的拉凯兹公墓。

# 三个圈已出版文学书单（持续更新中）

## 美国文学

- 了不起的盖茨比
- 爱伦·坡短篇小说集
- 小妇人
- 野性的呼唤
- 漫长的告别
- 再见，吾爱
- 长眠不醒
- 欧·亨利短篇小说精选
- 哈克贝利·费恩历险记
- 汤姆·索亚历险记
- 百万英镑
- 老人与海
- 永别了，武器
- 人鼠之间
- 夜色温柔
- 马耳他之鹰
- 在路上

## 法国文学

- 小王子三部曲（全3册）
- 卡门
- 茶花女
- 人间喜剧（全10册）
- 伏尔泰小说精选
- 包法利夫人
- 羊脂球
- 基督山伯爵
- 三个火枪手
- 红与黑
- 列那狐的故事
- 凡尔纳科幻经典（全8册）
- 海底两万里
- 神秘岛
- 八十天环游地球
- 地心游记
- 巴黎圣母院
- 悲惨世界
- 约翰·克利斯朵夫
- 局外人
- 鼠疫
- 追寻逝去的时光
- 昆虫记

## 英国文学

- 道林·格雷的画像
- 夜莺与玫瑰
- 丛林之书
- 呼啸山庄
- 弗兰肯斯坦
- 月亮与六便士
- 人性的枷锁
- 刀锋
- 面纱
- 雾都孤儿
- 金银岛
- 格列佛游记
- 莎士比亚戏剧集（全8册）
- 虹
- 爱丽丝漫游奇境记
- 简·爱
- 鲁滨孙漂流记
- 科幻大师威尔斯精选集（全6册）
- 时间机器
- 隐形人
- 世界大战

## 爱尔兰文学

- 一个青年艺术家的画像
- 尤利西斯

## 日本文学

- 人间失格
- 银河铁道之夜
- 枕草子
- 春琴抄
- 刺青
- 罗生门
- 舞姬
- 我是猫

## 奥地利文学

- 一个陌生女人的来信
- 心灵的焦灼
- 人类群星闪耀时
- 变形记
- 城堡
- 失踪者

## 德国文学

- 少年维特的烦恼
- 悉达多
- 魔山

## 苏联文学

- 高尔基自传三部曲
- 童年
- 在人间
- 我的大学
- 日瓦戈医生

## 俄国文学

- 战争与和平
- 复活
- 安娜·卡列尼娜
- 罪与罚
- 卡拉马佐夫兄弟

## 其他国家文学

- 伊索寓言
- 走出非洲
- 理想国

## 中国古代文学

- 聊斋志异（全3册）
- 世说新语
- 菜根谭
- 小窗幽记
- 围炉夜话
- 浮生六记
- 闲情偶寄
- 随园食单

## 中国现当代文学

- 鲁迅全集（全20卷）
- 呼兰河传
- 四世同堂
- 沈从文作品精选（共4册）
- 受戒
- 人间滋味

## 激发个人成长

多年以来，千千万万有经验的读者，都会定期查看熊猫君家的最新书目，挑选满足自己成长需求的新书。

读客图书以“激发个人成长”为使命，在以下三个方面为您精选优质图书：

### 1. 精神成长

熊猫君家精彩绝伦的小说文库和人文类图书，帮助你成为永远充满梦想、勇气和爱的人！

### 2. 知识结构成长

熊猫君家的历史类、社科类图书，帮助你了解从宇宙诞生、文明演变直至今日世界之形成的方方面面。

### 3. 工作技能成长

熊猫君家的经管类、家教类图书，指引你更好地工作、更有效率地生活，减少人生中的烦恼。

每一本读客图书都轻松好读，精彩绝伦，充满无穷阅读乐趣！